Rot, zerknittert und zart: die Mohnblume.

Sie ist die Blume des Augenblicks: im Sommer eine wahre Pracht auf den Feldern - wird sie gepflückt, ist die Herrlichkeit bald vergangen.

Mohn galt schon immer als Zauberpflanze.

*Sie symbolisiert einerseits Jugend, Verführung und Leidenschaft,
andererseits aber auch Rausch, Illusion und Gedenken.*

ERSTER TEIL: JUGEND, VERFÜHRUNG, LEIDENSCHAFT

1

1988. Ich war dreizehn, verträumt und lebensfroh. Meine Schule, ein Gymnasium auf einem im Sauerländer Wald idyllisch gelegenen Hügel, nannte man Kloster, weil sie von Patres geleitet wurde. Donnerstagmorgens gab es dort Schulgottesdienste, mehrmals im Jahr sonntags einen Jugendgottesdienst. Dieser wurde von mehreren Schülern und einem der Patres gemeinsam vorbereitet - diesmal mit Übernachtung im ehemaligen Internatstrakt der Klosterschule.

Wir waren in großen Schlafsälen untergebracht, die den Charme der sechziger Jahre versprühten:

Grüne, abgeschabte Metallbetten mit durchgelegenen Matratzen standen ordentlich aufgereiht, von bräunlichen Nachttischen durchtrennt, in einem von Neonröhren kaltweiß beleuchteten Raum. Große Waschräume befanden sich gleich nebenan. Das Internat gab es nicht mehr. Diese Form der katholischen Erziehung von Knaben, die auf den Priesterberuf vorbereitet werden sollten, hatte sich überlebt. Mein Vater war auch hier gewesen. Doch hatte er zu früh eine eigene Meinung gehabt, und war deshalb - sehr zum Leidwesen meines Großvaters - nicht als Priester in Frage gekommen.

Ab der achten Klasse durften wir bei der Jugendgottesdienst-Vorbereitung dabei sein und im Kloster übernachten. Abends waren meine Freundin und ich schon früh müde. Wir verabschiedeten uns nach getaner Arbeit von den anderen, um uns im Bett zu unterhalten. Die älteren Schüler blieben noch im Raum sitzen. Für sie begann der gemütliche Teil des Abends erst. „Kommt, ich zeige euch euer Quartier!", bot Pater Konrady freundlich an. Wir folgten ihm und fühlten uns geehrt, als er wiederkam, nachdem wir uns zum Schlafen fertig gemacht hatten. Er schien zu spüren, dass uns die vielen Gänge und Stockwerke, die seit Jahren leer standen, unheimlich waren. „Es ist wohl das erste Mal, dass ihr nicht zu Hause schlaft, oder?", meinte er. „Wenn ihr wollt, leiste ich euch noch Gesellschaft und erzähle euch etwas über das Internat." Wir nickten begeistert - war es doch eine seltene Gelegenheit, unseren Religionslehrer außerunterrichtlich zu erleben. Es wurde ein lustiger Abend. Wir bekamen vieles über das ehemalige Jungen-Internat erzählt und tauten beide richtig auf. „War das jetzt so ähnlich, wie euch eure Eltern zu Hause auch ins Bett bringen oder habt ihr noch einen Wunsch?", fragte Pater Konrady lächelnd. Keck sagte ich: „Manchmal bekomme ich noch eine Rückenmassage!" „Kein Problem, Stefanie, das kann ich auch!" meinte er, setzte sich hinter mich auf das alte Internats-Bett und fuhr mit seinen Fingern meinen Rücken auf und ab. Es fühlte sich gut an. Wir unterhielten uns weiter und es war angenehm, seine warmen Hände auf meinem Schlafanzugoberteil zu spüren. Er konnte das wie ein richtiger Masseur: Zuerst knetete er meine vom Sitzen verspannte Nackenmuskulatur, arbeitete sich vor zu meinen Schultern und walkte alle Partien meines Rückens ordentlich durch, während wir uns mühelos weiter unterhielten. „Ist es okay, wenn ich auf der Haut weiter mache? Die Schlafanzugfalten sind immer im Weg", kam es nach einer halben Stunde von hinten. Ich nickte, tat es doch einfach zu gut. Vorsichtig hob er mein Oberteil hoch und schob seine warme, weiche Hand darunter. Leicht kitzelnd arbeitete er weiter und fuhr meinen Rücken behutsam auf und ab. Ich schnurrte wie ein Kätzchen und genoss die Aufmerksamkeit, die ich zu Hause mit zwei kleineren Geschwistern nicht in diesem Ausmaß bekam. Der Schlafanzug war weit und ich spürte genau, wie sich seine Finger in immer kleiner werdenden Kreisen vorwärts bewegten, an meinem Oberarm entlang fuhren und die Konturen meines Rückens genau nachzeichneten. Jetzt war er von hinten fast unter meiner Achsel und glitt langsam an meinen Rippen entlang. Irgendwie hatte ich ein seltsames Gefühl. Unter meinem Schlafanzugoberteil hatte ich nichts mehr an. Seine Hände schienen genau die Grenze zu fühlen, über die ich nachdachte. Sie blieben aber dahinter.

In der Zeit danach beobachtete ich ihn. Im Schulgottesdienst fiel mir auf, dass er - im Unterschied zu den anderen Patres - immer abseits vom Altar stand. Wurde er nicht gemocht, nicht integriert von den anderen? Mein Mitleid war geweckt. Ich gab mir besondere Mühe in seinem Unterricht, meldete mich oft, wollte ihn froh machen.

Eines Nachmittags kam eine andere Freundin zu Besuch. Sie hatte ihr Rad dabei und wir kamen auf die Idee, zum Kloster zu radeln. Ob wir den Berg dort hoch schaffen würden? Klar, wir hatten neue Räder mit Gangschaltung bekommen. Meine Eltern erlaubten uns die Tour und so fuhren wir motiviert die vielen Kurven hinauf, die uns morgens im Schulbus gar nicht so steil vorkamen wie nun auf dem Fahrrad. Als wir endlich angekommen waren, hatten wir hochrote, überhitzte Köpfe. So klingelten wir an der Klosterpforte. Ein uns unbekannter Pater öffnete. Er unterrichtete nicht in der Schule und schien sich gestört zu fühlen. Schüchtern fragten wir nach dem Einzigen, der uns in den Sinn kam: „Ist Pater Konrady da? Wir möchten ihn gern besuchen." - „Er joggt gerade. Vielleicht habt ihr Glück und trefft ihn in der Nähe der Turnhalle." Hinter der Schulturnhalle befand sich ein kleiner, von den Biologielehrern zu Lehrzwecken angelegter Teich. Dorthin schoben wir unsere Räder. Als wir hinter der Halle um die Ecke bogen, stand Pater Konrady tatsächlich da.

Zum ersten Mal sah ich ihn, der sonst nur grau oder schwarz trug, in verwaschenen Blue Jeans und dunkelblauem Polohemd mit Sportschuhen an den Füßen. Unter dem Poloshirt zeichnete sich ein kleiner, sympathischer Bauchansatz ab. Erhitzt waren wir alle: er vom Joggen, wir vom Radfahren. Lächelnd sah er uns an. Seine Augen blitzten. Er freute sich, dass wir ihn besuchten. Scheinbar passierte das nicht oft. „Kommt mit in die Küche! Dort gibt uns die Köchin etwas Kühles zu trinken." Es gab herrlich kalten Sprudel. Tat das gut! „Wart ihr eigentlich schon in der neuen Bibliothek, die von Pater Hermann betreut wird?", fragte Pater Konrady. Da wir verneinten, bekamen wir eine Exklusiv-Führung durch die vielen Klostergänge - hin zu einem großen, gut sortierten Raum, angefüllt mit Büchern. Dort trafen wir den alten Pater Hermann, der uns erklärte, wie wir mittels alphabetisch sortiertem Zettelkasten den Standort eines Buches ausfindig machen konnten. Nach der Führung bedankten wir uns und radelten mit dem erhebenden Gefühl, jemandem eine Freude gemacht und etwas von der fernen Welt des Klosterlebens erfahren zu haben, nach Hause.

In seinem Unterricht strengte ich mich an. Seine Fächer fielen mir nicht schwer. Lernen konnte ich gut: Seit ich zwei Jahre alt war, hatte ich mühelos Lieder und Gedichte auswendig lernen können. Heimatlieder waren das, angefangen bei „Nun ade, du mein lieb Heimatland" bis hin zu Seefahrtsliedern wie „Wir lagen vor Madagaskar". Mein Vater, ein passionierter Sänger im örtlichen Männergesangverein, hatte meinen beiden Geschwistern und mir auf unseren mittäglichen Spaziergängen durch Wald und Wiesen viel Kulturgut beigebracht. Das geschah nicht immer zu unserer Freude. Auf unseren langen Urlaubsfahrten zur Ostsee beispielsweise sollten wir den Fahrer unterhalten. Das hieß: Wir mussten mit Hilfe von kleinen, hellblauen Liederbüchern mindestens zwei Stunden

Reisezeit überbrücken. Im Urlaub ging es dann mit Strandkonzerten weiter. Mein Vater begleitete uns Kinder, die wir Liederzettel an die uns umgebenden Strandkorb-Nachbarn verteilen und vor allem kräftig mitsingen mussten, auf einer Mundharmonika. Zu seinem Leidwesen war ihm in seiner Jugend kein anderes Instrument ermöglicht worden, weil bei sieben Kindern die finanziellen Mittel äußerst begrenzt waren. Da wir diese Zeit der Armut in den Aufbaujahren nach dem Zweiten Weltkrieg nicht miterlebt hatten, konnten wir nicht ahnten, dass diese Lieder meinem Vater beim Kühe-Hüten oder bei der Feldarbeit zu wahren Seelentröstern geworden waren. Für ihn verkörperten die Melodien mit heiter-leichtem Inhalt jugendliche Beschwingtheit. Sie besaßen die Kraft, in dem Moment des Singens alle Sorgen einfach aus dem Kopf zu fegen. Uns jedoch nervten die Strandkonzerte gewaltig, was wir auch zum Ausdruck brachten. Doch mein Vater ließ sich nicht beirren: Zu Hause wie am Strand war sein Wille Gesetz und alles hatte so abzulaufen, wie er es angeordnet hatte. Widerworte gab es nicht. Kinder mussten gehorsam sein. So einfach war das - auch, wenn ich dreizehn war und das Ganze mehr als peinlich empfand.

Mit der Religion verhielt sich die Sache genau so. Sonntags morgens gingen wir zur Kirche, manchmal nachmittags noch zur Andacht. Dienstags war Abendmesse in unserem kleinen Dorf, das nur aus vier Straßen bestand. Dabei durften wir nicht fehlen. Das fiele sonst jedem auf - meinte meine Mutter. Meist ging sie mit uns dorthin. Das Wichtigste für sie war, dass wir ordentlich aussahen und uns dem Anlass entsprechend benahmen. Das hieß: Eine Stunde oder länger still sitzen, knien, beten, singen - und das Ganze wieder von vorn. Schon früh kannten wir alle Gebete auswendig. Bei den Liedern konnte ich schon anhand der vorn am Altar angezeigten Nummer ohne im Gesangbuch nachzuschauen innerlich sagen, welches Lied als nächstes gesungen wurde. Sehen und gesehen werden: Nach dem Gottesdienst gab es immer noch ein gepflegtes Zusammenstehen vor der Kirche, das wir langweilig fanden und deshalb als überflüssig ansahen. In der Pubertät protestierten wir gegen den ständigen Kirchbesuch. Ich hatte keine Lust, mich sonntags morgens beeilen oder freitags nachmittags zu Wallfahrten und Kreuzwegen gehen zu müssen, wenn ich doch schon donnerstags morgens im Schulgottesdienst gewesen war. Daran mussten alle Schüler bis zur neunten Klasse in der ersten Stunde teilnehmen. Schwänzen gab es nicht. Man wurde von den

Aufsicht führenden Lehrern in der Schultoilette aufgegabelt und zum Gottesdienst gebracht: Klosterschule, den alten Traditionen verpflichtet.

Zu Hause gab es auch kein Schwänzen. Vorgerechnet wurde uns: „Eine Woche hat hundertachtundsechzig Stunden. Davon könnt ihr doch eine Stunde für Gott aufbringen!" Für mich stimmte diese Aussage so nicht, denn mit allen anderen Messbesuchen kam ich auf mindestens vier Stunden - ohne Morgen-, Mittag- und Abendgebete. Die gehörten bei uns in der Familie ebenfalls zum Tagesprogramm. Wenn sich meine Mutter gar nicht mehr zu helfen wusste, endete die Diskussion mit folgendem Satz: „Wenn du nicht mitgehst, bin ich traurig." Traurig sehen wollte ich sie nicht. Also ging ich widerwillig mit zur Kirche - auch, damit es keinen Ärger gab. Den spürte man sonst ziemlich deutlich beim

Mittagessen. Die ganze Atmosphäre war in solchen Fällen emotional hoch aufgeladen, kein falsches Wort durfte fallen.

Mein Bruder provozierte deutlich mehr als ich und bekam den Zorn meines Vaters deshalb oft zu spüren. In seiner Pubertät führte das dazu, dass er beim Mittagessen gar nicht mehr sprach, sich lange Haare wachsen ließ, zum Leidwesen meiner Eltern rauchte und Mitglied einer Rockband war. Mit siebzehn fuhr er ohne Führerschein und ohne Wissen meiner Eltern Auto und verursachte einen Totalschaden. Damals fand ich ihn anstrengend, weil mir die Schimpftiraden meiner Eltern auf die Nerven gingen. Heute denke ich: Warum habe ich nicht auch stärker rebelliert? Für meine Entwicklung und für meine Persönlichkeit wäre das wichtig gewesen. Leider überwog bei mir das Gefühl, gegen meine Eltern sowieso nicht ankommen zu können. Zudem scheint es oftmals das Los des ältesten Kindes zu sein, sich anzupassen und funktionieren zu müssen.

Was mir Zuhause, in unserem kleinbürgerlichen Dorf, in der Schule und überhaupt in meinem Leben als Jugendliche fehlte, war: Freiraum! Und die Freiheit, meine eigenen Entscheidungen treffen zu dürfen. Alles war eng und wurde vorgegeben. Außerhalb des gesetzten Rahmens durfte man, durfte ich mich nicht bewegen. Elternhaus, Schule, Kirche - all` das waren in meinem Fall Systeme, die schnell Grenzen setzten, Verbote aussprachen, Verhalten sanktionierten und Themen unausgesprochen ließen.

4

Eines dieser Themen war Sexualität. Darüber sprach man nicht. In unserer Familie gab es zum Beispiel keine Wörter für die Genitalien. Bei Schmerz war es ausreichend, diesen durch Wörter wie „vorne" oder „hinten" näher zu lokalisieren.

Aufgeklärt wurde ich mit zehn. Da das Thema in der Schule besprochen wurde, fühlte sich meine Mutter bemüßigt, sich mit mir zu einem wichtigen Gespräch zusammen zu setzen. Wir saßen im Wohnzimmer auf dem Sofa, mein Bruder spielte im gleichen Raum und meine jüngere Schwester schlief. Meine Mutter druckste herum. Ich merkte ihr an, dass ihr das Thema höchst unangenehm war. Um sie schnell zu erlösen, sagte ich: „Mama, ich weiß schon alles von meiner Freundin. Erklär´

mir nur noch, was Vergewaltigung ist. Das weiß ich noch nicht." Unter Vergewaltigung stellte ich mir früher immer vor, dass mir jemand die Luft an der Kehle abdrückte, so dass ich dann nicht mehr atmen könnte. Mein Bruder hatte das einmal im Streit mit mir zu seiner Verteidigung erfolgreich angewendet und seitdem hatte ich ein Trauma, so dass mir niemand mehr an den Hals greifen durfte. Diese Gewalt klang für mich ähnlich wie das Wort Vergewaltigung - deshalb zog ich wohl diese Parallele. Erleichtert erklärte sie mir, dass Vergewaltigung durch Gewalt erzwungener Geschlechtsverkehr sei. Damit war die Aufklärungsstunde beendet. Mein Bruder und meine Schwester wurden vor ihrer Pubertät nicht mehr zu einem solchen Gespräch gebeten. Ihr Wissen bezogen sie von Freunden, aus der Bravo (die wir aber nicht kaufen durften) und - meine Schwester später - von mir.

Für mich haftete Sexualität und Nacktheit immer etwas an, das geheim war, über das man nicht redete und das im Stillen stattfand. Erst später erfuhr ich von meiner Oma, warum das Gespräch darüber meiner Mutter so schwer fiel: Meine Oma, die Mutter meiner Mutter, erzählte, dass sie selber nie aufgeklärt worden wäre. Einmal, sie war vielleicht elf Jahre alt gewesen, sei es zu einem Anruf der sie unterrichtenden Nonne zu Hause gekommen, die sich die elterliche Erlaubnis für eine nachmittägliche Mädchen-Aufklärungsstunde einholen wollte. Diese bekam sie auch von allen Eltern, die allesamt aufgeatmet hatten, dass sie diese Aufgabe nicht selbst übernehmen mussten. So ging sie mit ihren Freundinnen nachmittags gespannt in die Schule, weil sie ahnte, dass ihnen etwas Besonderes erzählt werden sollte. Doch die Nonne war so aufgeregt, dass sie bloß den

Rosenkranz mit ihnen betete und sie danach wieder nach Hause entließ. Als meine Oma meinen Opa kennengelernt und geheiratet hatte, war sie völlig unaufgeklärt in die Ehe gegangen. Niemand hatte es für nötig befunden, mit ihr über das Thema zu sprechen.

Leider lebte meine Oma, die immerhin (trotz oder wegen mangelnder Aufklärung) drei Kinder bekam, dann weiterhin in einer Zeit, in der noch nicht einmal über Schwangerschaft gesprochen werden durfte. Als meine Mutter sie mit zehn Jahren auf den immer dicker werdenden Bauch einer Nachbarin ansprach, traute sich meine Oma ebenfalls nicht an das Thema heran und erzählte ihr, dass Kinder vom Storch gebracht würden. Meine Mutter wurde also auch nicht richtig aufgeklärt und konnte mit uns Kindern nicht darüber sprechen, weil es ihr nicht beigebracht worden war. Vielleicht fehlte ihr auch einfach das richtige Vokabular.

Da mein Vater derselben Generation angehörte, war es bei ihm nicht anders. Als ich mit dreizehn Jahren meine Tage bekam, ging ich weinend zu meiner Mutter, weil ich überfordert mit dem Bild war, das sich mir in meiner Unterhose bot. Meine Mutter erklärte mir, dass alle Frauen ab der Pubertät regelmäßig ihre Periode hätten, ohne mir jedoch näher auseinanderzusetzen, warum das so war. Außerdem brachte sie mir von ihrem nächsten Einkauf riesige Binden mit, die ich von nun an benutzen sollte. Ich nahm ihr das Versprechen ab, mit niemandem darüber zu sprechen und meinte damit wirklich niemanden.

Als ich abends in das sich praktischerweise bei uns im Haus befindliche Büro meines Vaters ging, um mir sein Tesafilm auszuleihen, bat er mich freudestrahlend zu sich. Per Handschlag gratulierte er mir dazu, dass ich jetzt „zur Frau geworden" sei. Für mich war das aber kein erhebender Tag, sondern eine körperliche Veränderung, für die ich mich schämte. Heulend stürzte ich aus seinem Arbeitszimmer, um mich auf meinem Bett auszuweinen. Furchtbar für mich war, dass meine Mutter es ihm erzählt hatte, befremdlich, dass er niemals vorher mit mir über das Thema Sexualität gesprochen hatte.

5

Hatte ich Fragen oder Probleme, klärte ich diese mit meinen Freundinnen in der Schule, telefonisch oder per Brief. Damals gab es noch keine Flatrate, denn das Telefonieren wurde minütlich abgerechnet und kostete dementsprechend viel Geld. „Warum besprecht ihr das nicht vormittags? Ihr seht euch doch täglich!", rief mein Vater jedes Mal aus dem Büro, wenn ich wieder die einzige Telefonleitung, die er beruflich oft brauchte, durch meine stundenlangen Gespräche blockierte. „Bin gleich fertig!", gab ich dann meistens zurück und telefonierte doch noch länger.

In der achten Klasse fingen die ersten „richtigen" Beziehungen an, von denen die Eltern meist nichts mitbekamen oder wissen sollten. Auch meine Freundin aus der Parallelklasse hatte ihren ersten Freund und wir anderen waren neugierig. Genau wollten wir wissen, wie sich der erste Kuss anfühlte und ob sie schon „weiter" gegangen war. Jede Information darüber war spannend. Wenn es Telefonverbot gab, schrieben wir uns Briefe. Auf die Antwort mussten wir mindestens einen Tag warten, aber das machte nichts. Wir hatten Zeit. Es gab nichts Schöneres für mich, als Briefe zu bekommen und sie zu lesen. So viel Persönliches sagte die Handschrift aus und vor allem der Inhalt, der meist eine situative, bei uns Mädchen stark gefühlsbetonte Momentaufnahme aus dem Leben der Schreiberin war.

Im Februar 1990 erhielt ich eine Karte aus der Skifreizeit. Absender war Pater Konrady. Er war mit seiner Klasse unterwegs und schickte mir einen kurzen Gruß. Ich fühlte mich geehrt. Klar war, dass ich ihm antworten musste. So setzte ich mich hin und schrieb ihm einen Brief mit Dankesworten sowie etwas Persönlichem auf ein umweltfreundliches Briefpapier mit Regenbogenmotiv. Auch er nahm meinen Brief seinerseits zum Anlass dazu, mir zurück zu schreiben. So entwickelte sich parallel zum Unterricht ein intensiver Briefkontakt. Da ich zu diesem Zeitpunkt Klassenbuch-Führerin war, fiel es leicht, das Klassenbuch als Briefkasten zu benutzen. Das ging erstaunlich gut, ohne dass jemand etwas merkte. In meinen Briefen erzählte ich ihm von mir, meinen Gefühlen, meinen Zweifeln an mir und freute mich, dass sich jemand Zeit für mich nahm.

Zeitgleich zu diesem regen Briefkontakt gab es in dem Fachraum, für den er verantwortlich war, viele Bücher zu sortieren, so dass drei Freundinnen und ich öfter mittags im Kloster aßen und Pater Konrady danach halfen, den Raum zu entrümpeln. Uns machte die Arbeit Spaß. Wir konnten miteinander reden statt zu telefonieren und er musste die Sammlung nicht alleine aufräumen. Nach der Arbeit bot er uns an, uns nach Hause zu fahren. Dabei plante er die Route meist so, dass ich die letzte auf seiner Rundtour war, so dass wir im Auto noch Zeit zum Reden hatten. Alles, was ich Zuhause nicht los werden konnte, weil meine Eltern im Büro oder mit meinen Geschwistern beschäftigt waren, erzählte ich ihm, ebenso vieles, was ich meinte, mit meinen Freundinnen nicht besprechen zu können. Für mich hatte er immer ein offenes Ohr und nahm sich Zeit.

Ich fand das toll. Es war die Zeit, die ich gern mit meinem Vater gehabt hätte. Aber seitdem er mir zu meiner Periode gratuliert hatte, war er für mich ein rotes Tuch, was persönliche Gespräche anging. Außerdem weiß ich nicht, ob ich und meine Belange ihn interessiert hätten. Bei ihm musste alles so ablaufen, wie er es haben wollte. Da war für Gefühle oder Selbstzweifel kein Platz. In der Versorgung oder hinsichtlich der Freizeitaktivitäten von uns Kindern war er jedoch großartig und immer spendabel: Wir hatten alles, was wir brauchten. Er ermöglichte uns Schwimmen, Skifahren, Klavierspielen, Singen, erzählte uns viele Geschichten von früher, wanderte mit uns und ging mit uns zu den Karl-May-Festspielen. Einzig, was persönliche Gespräche betraf, wurden er und ich nie richtig warm. Vielleicht waren wir zu wenig auf einer Wellenlänge?

Pater Konrady war anders, einfühlsamer, hörte mir zu. Wenn er mich nach Hause brachte, kam er meist noch auf einen Sprung mit ins Haus. Meine Eltern freuten sich ob des „hohen Besuches". Mein Vater machte jedes Mal fast eine Verbeugung vor ihm, weil er ein Geistlicher war und meine Mutter tischte auf, was der Kühlschrank hergab. So ergab es sich, dass Pater Konrady sich bei uns schnell heimisch fühlte, wenn er - wie er es nannte - „in Familie machte". Zudem konnte er sich dadurch von seinen Klosterbrüdern absetzen. Wohl fühlte er sich dort nicht. Was er uns erzählte, schockierte vor allem meine Eltern, die ein Kloster immer für einen heiligen Ort mit wunderbar-anständigen, vom Geist Gottes durchdrungenen Menschen gehalten hatten. Was wir jetzt erfuhren, bestätigte das, was ich anfangs beobachtete, als Pater Konrady abseits von allen anderen am Altar gestanden hatte: Jeder war zwar Mitglied einer Gemeinschaft, aber man wohnte nur in einem

Haus zusammen. Ansonsten blieb man allein und vereinsamte - wenn man sich nicht außerhalb des Ordens Kontakte sicherte.

Morgens beteten die Patres vor dem Frühstück die Laudes zusammen. Das ist eines der Gebete aus dem Brevier, dem Stundenbuch, das Ordensleute täglich beten sollten. Das wurde für meine Begriffe ohne Andacht heruntergeleiert, um dann schnell zum Frühstück in einen lieblos ausgestatteten Speisesaal zu hechten und noch das letzte Stückchen Wurst oder eine bestimmte Brötchensorte für sich zu ergattern. Das Frühstück selbst wurde nach einer Zeit des gemeinsamen Kauens und des knappen Austausches aktueller Nachrichten zügig durch plötzliches Stühlerücken, ein schnelles Tischgebet und das gemeinsame Abräumen beendet. Mehr hatte man in diesem Kloster nicht miteinander zu tun. Selbst an Geburtstage wurde nicht durch ein Geschenk oder einen Kuchen gedacht. Jeder lebte neben dem anderen her. Viele Fronten hatten sich über die Jahre verhärtet und man grüßte sich zum Teil nur anstandshalber. So sah sein Leben im Kloster aus. Meine Eltern hatten Mitleid mit ihm und luden ihn oft zu uns ein. Auch sie profitierten von ihm, da er sich mit uns Kindern beschäftigte, mit uns spielte, Rad fuhr und ihnen in Alltagsfragen beratend zur Seite stand.

6

Meinen Eltern fiel es deshalb leicht, mich Anfang März 1990 mit ihm und meinen drei Freundinnen nach Frankfurt in ein weiteres Kloster der Kongregation fahren zu lassen. Das sollte die Belohnung für unser Bücher-Sortieren sein. Für uns Sauerländer Landeier war Frankfurt eine riesige Großstadt, in der wir tagsüber nach Herzenslust shoppen gehen konnten, nachdem wir an Laudes und Frühstück teilgenommen hatten.

Meine Freundin hatte mit vierzehn schon ihren ersten Freund, mit dem es etliche Beziehungsprobleme gab. Pater Konrady bot ihr an, mit ihr darüber zu reden. Sie durfte zu ihm in eines der vielen Gästezimmer des Klosters gehen, um sich auszuweinen. Lange blieb sie dort. Als sie zurück kam, ging es ihr besser. Pater Konrady habe ihr sehr geholfen. Sie habe sich allen Ärger von der Seele reden können. So war ihr Fazit, als sie wieder bei uns im Vierer-Mädchenzimmer ankam.

Pubertätsprobleme hatte ich auch. Deshalb fragte ich Pater Konrady ebenfalls, ob ich ihn abends besuchen dürfte. Da er am Korrigieren war, kam ihm wohl jede Abwechslung recht und er bejahte meine Frage. Ich freute mich, war er mir doch als guter Zuhörer ans Herz gewachsen. Sein Interesse für mich ehrte mich. In seiner Nähe fühlte ich mich als etwas Besonderes. So ging ich den langen Flur entlang in sein Gästezimmer auf der anderen Seite des Hauses, in dem er auch übernachtete. Es war karg eingerichtet - so, wie man es in einem Kloster erwartete: Vor dem Fenster stand ein Schreibtisch, an der Wand ein

Kleiderschrank und ein Bett. Vor dieses setzten wir uns und begannen, uns zu unterhalten. Ich gestand ihm, dass ich auch gern einen Freund hätte, aber glaubte, dass dies meinen Eltern bestimmt nicht recht sein würde. Interessiert fragte er nach, ob es denn jemanden gäbe, den ich im Auge hätte. „Nein", murmelte ich, „die Jungen in unserer Klasse sind mir zu kindisch." Er konnte das verstehen und machte mir Komplimente. Als schöne, junge Frau würde ich sicher keine Probleme haben, jemanden zu finden, der den Schatz in mir sah. Ich fühlte mich geschmeichelt. So etwas Nettes hatte noch niemand zu mir gesagt. Überhaupt war es eine sehr angenehme Atmosphäre mit ihm. Ich fühlte mich angenommen und innerlich leicht. Es tat unendlich gut, so offen über meine Wünsche und Sehnsüchte sprechen zu können.

Im Verlauf unseres Gespräch griff er sich mehrfach an seine rechte Schulter. „Die ist vom Korrigieren ganz verspannt", gab er auf meine Nachfrage hin zu. Ich bot ihm an, ihn zu massieren. Um sich zu revanchieren, massierte er mich danach ebenfalls. Wiederum fühlte es sich wunderbar an. Ich spürte eine tiefe Dankbarkeit dafür, dass er mich so nahm, wie ich war. Deshalb fragte ich zum Schluss schüchtern, ob ich ihn ganz fest umarmen dürfe, weil mir unser Gespräch gut getan habe. Er freute sich und war schon dafür aufgestanden. Sanft sah er mich mit seinen braunen Augen an und zog mich behutsam an sich.

Die Umarmung lässt sich kaum beschreiben. Langsam strich er mir mit seiner Hand den Rücken auf und ab, drückte mich einerseits zart, aber doch auch festhaltend an sich, so dass ich das Gefühl hatte, beschützt zu sein. Wie war das wohltuend! Ich wollte nicht mehr losgelassen werden. Leicht wie eine Feder schwebte ich zurück zu unserem Mädchenzimmer.

7

Seitdem überlegte ich zu Hause vor dem Spiegel stehend, was ich bei unseren Bücher-Sortier-Aktionen anziehen sollte. Ich wollte gut aussehen. Das war neu. Bis dato war ich zwar an einem gepflegten Äußeren interessiert gewesen, doch bisher hatte meine Mutter ein großes Mitspracherecht in Kleidungsfragen gehabt. Mit knapp einem Meter achtzig war ich mit vierzehn Jahren größer gewachsen als meine Altersgenossen. Und um meine Figur hatte ich mir bisher nie Gedanken machen müssen. Ich konnte essen, was ich wollte. Mit achtundfünfzig Kilogramm war ich schlank - vielleicht auch dank der abendlichen Skigymnastik, die ich in meinem Zimmer vor dem Spiegel absolvierte. Da Anfang der 1990er Jahre weite Hosen modern waren, wählte ich eine breite, helle Jeans mit einem schwarzen Gürtel nebst einem engen, roten Oberteil für das nächste Büchersortieren am zehnten Mai.

Als meine Freundinnen nach Hause gebracht worden waren, strahlte mich Pater Konrady an und fragte, ob ich nicht Lust hätte, mit ihm im Wald spazieren zu gehen. Da ich auf ein schönes Gespräch und eine solch wundervolle Umarmung wie beim letzten Mal hoffte, bejahte ich seine Frage freudig. Etwas anderes hatte er wohl auch nicht erwartet. So fuhr er seinen Wagen in einen einsamen, mit Gras bewachsenen Waldweg. Dann gingen wir nebeneinander durch die warme Frühlingssonne, die sich mit ihren Strahlen einen Weg durch die Laubbäume bahnte und immer neue Muster auf den Waldboden malte.

Nachdem wir eine Weile gelaufen waren, kamen wir uns so nahe, dass sich unsere Hände beim Gehen berührten. Wie selbstverständlich nahm er meine Hand und legte sie in seine. Mein Herz machte einen Freudensprung. Noch nie war ich mit einem Fremdem Hand in Hand gegangen! Es fühlte sich wunderbar an! Ich genoss das Gefühl der Nähe und Vertrautheit sehr. Strahlend schwenkte ich unsere verbundenen Hände auf und ab.

Irgendwann war der Weg zu Ende und wir standen auf einer kleinen Lichtung. Mehrere Bäume umstanden sie im Kreis. Ich blieb stehen und lehnte mich an einen von ihnen. Nein, zurück wollte ich jetzt noch nicht. Es fühlte sich an wie ein Traum.

Als ich aufsah, stand er ganz nah vor mir und seine braunen Augen funkelten mich an. Ich strahlte zurück. „Darf ich dich umärmeln?", fragte er mich leise. In stiller Vorfreude konnte ich nur nicken. „Du glühst ja, Stefanie!", flüsterte er mir sanft ins Ohr. Lange blieben wir eng umschlungen stehen.

Nach einiger Zeit löste er vorsichtig seinen Kopf aus meiner Umklammerung und blickte mir tief in die Augen. Ich hatte das Gefühl, unsere Augen würden miteinander verschmelzen. Zärtlich stupste seine Nase meine an. Mein Herz klopfte laut.

Langsam und vorsichtig küsste er mich auf den Mund. Ich erschrak. Das hatte ich nicht erwartet! Es war schön, ... aber...? Mir wurde leicht schwindelig, in meinem Bauch flatterten tausend

Schmetterlinge hin und her. Ich war verwirrt, aber irgendwie auch selig. „Noch mal?", fragte er lächelnd. Seine weichen Lippen drückten sich sanft auf meine. Ich zitterte. „Frierst du?", fragte er. „Nein!" stieß ich wie in Trance hervor.

Es gab seltene Momente, in denen ich nichts denken konnte - dieser war so einer. Unendlich langsam zog er mich an sich und drückte mich ganz fest. Er roch gut, männlich, nicht aufdringlich. Nach einer gefühlten Ewigkeit, in der wir einfach nur an dem Baum lehnten, legte er seinen Arm um mich. Eng umschlungen gingen wir zum Auto zurück. Ich strahlte. Alles fühlte sich watteweich an, obwohl ich immer noch nicht recht wusste, was ich von dem gerade Geschehenen halten sollte. Widerstrebend musste ich zugeben, dass ich mir diese tiefe Zufriedenheit, die mich durchströmte, immer gewünscht hatte. Deshalb verbannte ich alle Zweifel.

„Was denkst du gerade?", fragte er leise. „Dass ich mich total wohl fühle und dass Sie…- dass du gut riechst", gab ich ehrlich zurück. Er schmunzelte. „Das ist wichtig, dass man sich gut riechen kann! Früher war das auch schon so: Beim Tanzen fand man schnell heraus, ob man jemanden riechen konnte, denn die Männer steckten sich ein Tuch mit ihrem Schweiß in die Tasche am Jackenrevers. Daher kommt das geflügelte Wort: ´Jemanden riechen (bzw. nicht riechen) können`.", dozierte er. Und nach einer kurzen Pause fügte er hinzu: „Da bin ich aber ziemlich froh, dass du mich riechen kannst." Er grinste verschmitzt und schloss mir die Autotür auf.

Im Auto lief „O Mandy" von Barry Manilow. Wir hatten vergessen, die Cassette abzustellen, als wir ausstiegen. Ich hatte sie ihm aufgenommen - Kuschelrock. Wie passend! Ich blickte versonnen vor mich hin, als er mich nach Hause fuhr. Nach Sprechen war keinem von uns beiden zumute.

Kurz vor meinem Elternhaus schoss mir ein Gedanke durch den Kopf: „Die sehen mir das doch wohl nicht an, oder?" Die Wirklichkeit kam wieder näher und holte mich ein: Ich, vierzehnjährig, saß mit rot-glühenden Wangen neben meinem Lehrer, der noch dazu ein Pater war und … siebenunddreißig Jahre älter als ich!

8

Sie sahen es mir nicht an. Viel zu beschäftigt waren beide mit ihrer Arbeit: Mein Vater im Büro und meine Mutter am Bügelbrett. So konnte sich Pater Konrady unter dem Vorwand, er müsse noch korrigieren, rasch verabschieden. Und ich? Ich verschwand still lächelnd und innerlich hochgradig aufgewühlt in meinem Zimmer, legte mich auf mein Sofa und träumte vor mich hin.

Wenn wir uns in der Schule sahen, funkelten wir uns strahlend an. Immer noch tauschten wir Briefe aus - mittlerweile in einer grünen Aktenmappe, in die ich ein zusätzliches Fach eingebaut hatte, so dass die Briefe bei der Übergabe nicht herausfallen konnten. Auch einen Geheimcode hatten wir entwickelt: Auf dem Brieffach stand mit schwarzem Edding „fünfzehn".

Das bedeutete - je nach Situation - „Achtung" oder „Vorsicht: Post!". Seine Zahl war neun und meine sechs. Die Acht, die Zahl der Unendlichkeit, hieß: „Ich liebe dich!" und elf bedeutete: „Ich vermisse dich!". Hatten wir gar keine Zeit zum Schreiben, konnte ein Brief mitunter auch nur aus einem Zettelchen mit Zahlenfolge bestehen. Schon das allein genügte, um ein Lächeln auf mein Gesicht zu zaubern.

Die Mappe gab er mir schon morgens, wenn er an mir vorbei ins Lehrerzimmer ging, mit den Worten: „Hier, noch ein Text für den Gottesdienst." Scheinbar achtlos steckte ich sie dann in meine Schultasche und unterhielt mich gespielt munter weiter mit meinen Freundinnen, die entweder wirklich nichts merkten oder den Aktenmappen-Austausch netterweise unkommentiert ließen.

Nach meinem ersten Kuss war ich auf den Geschmack gekommen: Ich wollte das Erlebte unbedingt wiederholen! Das sagte ich ihm mittags am Telefon. Auch damit hatten wir begonnen - Briefe allein genügten nicht mehr. Wir wollten uns täglich sprechen und über alles Erlebte reden. So hatte ich mir angewöhnt, mich mittags, wenn meine Eltern ihren Mittagsschlaf hielten und meine Geschwister in ihren Zimmern Hausaufgaben machten, heimlich ins Freie zu schleichen. Mein Ziel: die einzige Telefonzelle in unserem kleinen Ort, in der ich mich ungestört fühlte. Dort konnte ich die Tür hinter mir schließen und wir telefonierten eine halbe Stunde miteinander, bevor ich - ungesehen - zurück in meinem Zimmer war.

Schon fünf Tage später ergab sich wieder eine Gelegenheit für ein Treffen. Innerlich jubilierte ich!

Deshalb fiel es mir auch nicht schwer, meinen Eltern einen vorgeschobenen Grund für das Treffen vorzugaukeln. Diesmal erzählte ich ihnen, dass in der Woche zuvor beim Bücher-Sortieren noch einiges liegen geblieben wäre. Was sie nicht wussten, war, dass ich als einzige nach der Schule noch im Kloster blieb und auf Pater Konrady wartete. Meine Freundinnen fuhren nach Hause und wussten nichts von dem Treffen.

Wieder fuhren wir mit seinem Wagen in den Wald. Diesmal wählte er einen anderen, einsamen Weg. Schon im Auto hielten wir Händchen. Eng umschlungen gingen wir dann in den immer dichter werdenden Wald und strahlten einander an - wie ein Liebespaar! Als Teil eines solchen fühlte ich mich auch. Dass wir uns immer nur heimlich treffen konnten, erhöhte den

Nervenkitzel. Es war wie eine geheime Welt, von der nur wir beiden wussten.

Als uns der Wald umschloss und wir ringsum nichts hörten, sah er mich lächelnd an, nahm mein Gesicht in seine warmen Hände und sagte: „Du glühst ja schon wieder!" - „Ich kann nichts dafür. Das macht deine Nähe", antwortete ich ihm entgegen fiebernd. Er küsste mich erst sanft auf die Lippen, dann fordernder. Seine Zunge bahnte sich einen Weg in meinen Mund. Mein Herz schlug Purzelbäume und pochte heftig. Ich gab dem Verlangen nach, mich einfach treiben zu lassen. Mein Körper schien in seiner Umarmung zu zerfließen. Ich war ausgehungert nach einem solchen Kuss. Während er mich küsste, rückte er noch näher an mich heran. Nach einer ganzen Weile löste er seine Lippen langsam von meinem Mund. „Bitte - nicht!", hauchte ich schwach und fügte lächelnd hinzu: „Ich spüre dich." - „Meinen Herzschlag?" fragte er. Ich wurde rot. „Nein, ein Stück tiefer", sagte ich schüchtern. Er hatte sich so nah an mich gedrückt, dass ich ihn - auch da - fühlen konnte. „O, entschuldige", flüsterte er grinsend und blieb immer noch fest an mich gedrückt stehen. „Wenn ich eine wunderschöne Frau küsse, merkt das der Kleine da unten auch."

Ich lächelte unsicher und ließ das für den Moment so stehen - zum einen, weil das noch nicht meine Welt war und ich keine Erfahrung in diesem Bereich hatte, zum anderen, weil ich dringend mit dem Küssen weiter machen wollte. Es fühlte sich ja so gut an! Weich, warm, wohlig und geborgen in seinen Armen zu liegen - es war himmlisch! Ich war begeistert. Als er nach einer gefühlten Ewigkeit - für mich aber immer noch zu kurz - unsere Umarmung löste, sagte er: „Das war mein vorgezogenes Geburtstagsgeschenk für dich. Morgen ist ja dein großer Tag." - „Danke! Das war wunderbar!", strahlte ich ihn an und ließ mich eng umschlungen zum Auto geleiten. Allein hätte ich die Strecke nicht geschafft, so weich waren meine Beine. Im Wagen wartete noch ein Päckchen auf mich, unter anderem mit einem seidenen Halstuch, das nach ihm duftete, und seinem Passbild. Wow! Das war unglaublich - als hätte er meine Gedanken lesen können. Wieder musste ich ihn küssen.

9

Zu seinem Ehrentag, der ebenfalls bald anstand, schenkte ich ihm auch etwas ganz Besonderes: Für zweiundfünfzig Lebensjahre gab es - neben einem Foto von mir - einen zweiundfünfzig-seitigen Brief, in dem ich himmelhoch jauchzend unsere bisherige Beziehung schilderte. So etwas Persönliches hatte er noch nie bekommen und freute sich sehr.

Kurz nach unseren Geburtstagen trafen wir uns Anfang Juni wieder. Der Wald war tief und verschwiegen. Deshalb fiel die Wahl erneut auf diesen Ort in der freien Natur. Angst vor Entdeckung hatten wir seltsamerweise nicht. Zu sehr freuten wir uns auf- und aneinander und genossen die knapp bemessene gemeinsame

Zeit. Auf unseren Liebesgängen trafen wir niemanden.

An dem ersten der beiden „Waldtage", wie er sie rückblickend nannte, schlenderten wir auf eine mit Moos bewachsene, kleine Lichtung. Schön, fast schon gemütlich war es hier und lud zum Hinsetzen ein. Er setzte sich auf den weichen Untergrund und zog mich zwischen seine Beine, so dass ich mich zurücklehnen und an ihn schmiegen konnte. Behutsam begann er, mich zu streicheln - zu „killern", wie er es nannte. Erst kamen die Arme dran, dann mein Gesicht, das er zwischendurch immer wieder mit Küssen liebkoste. Es tat unendlich gut und ich entspannte mich.

Nach einer ganzen Weile sagte er: „Darf ich dich etwas fragen?" - „Ja, klar", erwiderte ich

versonnen. „Darf ich dich hier vorn streicheln?"
Dabei tippte er sanft an meine Brust. Ich zögerte.
Eigentlich wollte ich das nicht. Das spürte ich
deutlich. Mein Bauchgefühl sagte innerlich laut:
„Nein!" Musste das sein? Da hatte mich noch
niemand angefasst. Ich war verunsichert und
fühlte mich klein und unerfahren. Was sagte man
in solchen Situationen? Wäre er gekränkt, wenn
ich seine Bitte ausschlug? Gehörte das zum
Küssen und Streicheln dazu?

„Wenn du nicht willst, dann lassen wir das",
meinte er großherzig, als er merkte, dass ich
plötzlich körperlich angespannt war. „Ich möchte
nichts tun, was du nicht willst, Kleines", sagte er
leise und zärtlich. Er nannte mich Kleines - wie
süß! Und drängen wollte er mich auch nicht. Das
klang rücksichtsvoll und lieb. „Ich bin ganz
vorsichtig", flüsterte er mir sanft ins Ohr. Ohne

meine Antwort abzuwarten, schob er sacht seine warme Hand unter mein Sweatshirt und streichelte meinen Rücken, so dass ich mich wieder entspannte. Als er meine Erleichterung spürte, schob er seine Hand behutsam unter mein Bustier und fuhr mit einem Finger ganz leicht kreisend über meine Brüste. Es fühlte sich fremd an. Komisch, wenn man da gestreichelt wurde! Aber...- er schien sich auszukennen und machte das bestimmt nicht zum ersten Mal. Geübt gelang es seiner Hand, mich nach einiger Zeit der inneren Höchstanspannung sanft streichelnd zu beruhigen. „Schön ist das", sagte er. „Danke, dass du so viel Vertrauen zu mir hast." Und dann zog er seine Hand auch schon wieder unter meinem Pullover hervor und küsste mich lange. Jetzt war ich wieder beteiligt: Mir wurde heiß. Ich war unersättlich, wenn es um Umarmungen und Küsse ging!

Zwei Tage, einige Briefe und Telefonate später trafen wir uns erneut. Ich fieberte jedem Treffen entgegen, als ob es um Leben und Tod ginge. Diesmal wirkte auch er aufgeregt. „Ich habe eine Überraschung für dich", strahlte er mich an und zog mich an der Hand durch den Wald. Wir gingen tiefer und tiefer in das Dickicht hinein, während ich zu erraten versuchte, worin denn die Überraschung bestehen könnte. Der Weg war lang und insgeheim dachte ich, dass ich allein nie aus diesem Gestrüpp würde herausfinden können. Er hingegen schien genau zu wissen, wohin er mich führen wollte. „Hast du etwas vorbereitet? Ein Picknick?", riet ich. „Dicht dran", lächelte er geheimnisvoll. „Ich bin so gespannt!", freute ich mich und fand die ganze Aktion total romantisch. Im tiefsten Dickicht machte er plötzlich Halt an einem Baum. Unter vielen

Zweigen, praktisch unsichtbar verstaut, holte er eine durchsichtige Plane, eine Decke, Getränke und Essen hervor. Ich küsste ihn begeistert. So eroberte man Frauenherzen. „Toll!" - „Weil wir doch beim letzten Mal auf dem Moos saßen und du Angst um deine Hose hattest", freute er sich an seiner Idee. Wir picknickten, ließen uns die Sonne auf die Nasen scheinen und küssten uns. Ich genoss unsere Zweisamkeit und seine kindliche Begeisterung. Zwischen uns war alles so selbstverständlich. „Komm, wir können uns auch legen", schlug er vor. Eng aneinander geschmiegt lagen wir auf der Decke und kuschelten miteinander. Trotzdem waren wir leise. Man konnte nicht wissen, ob nicht doch ein Jäger oder Spaziergänger unterwegs war.

„Darf ich?" fragte seine Hand stumm an, die vor meinem Bustier Halt gemacht hatte. Ich nickte.

Irgendwie gehörte das jetzt zu unserem Liebesspiel dazu, nachdem einmal der Damm gebrochen war. Diesmal war ich entspannt, weil ich wusste, wie es sich anfühlen würde. Er streichelte so wundervoll! Ich begann, seine Hand auf meiner Brust zu mögen und seine Streicheleinheit in vollen Zügen zu genießen. „Es ist so eng in deinem Bustier", meinte er nach einer Weile. „Können wir das nicht ausziehen? Dann habe ich mehr Bewegungsfreiheit." Wie ferngesteuert zog ich erst mein T-Shirt, dann das Bustier über meinen Kopf. Er half mir und hielt sofort schützend die Hand über meine Brüste, damit ich mich nicht unwohl fühlte. „So ist´s viel besser", freute er sich und streichelte mich in großen, kreisenden Bewegungen weiter. „Zwei wunderschöne Brüste hast du", flüsterte er mir leise ins Ohr. „Findest du?", gab ich zweifelnd zurück. „Ja, eine passt genau in meine Hand. So muss es sein!" - „Ein bisschen schäme ich mich doch", wagte ich mich vor. „Dann ziehe ich mich auch aus!", sagte er. Schneller, als ich erwartet hatte, lag er, nur noch mit seiner Unterhose bekleidet, vor mir. Vor Überraschung blieb mir der Mund offen stehen. Doch ich kam nicht groß zum Nachdenken, denn er streichelte mich fortwährend weiter, als wären wir Adam und Eva und alles ganz selbstverständlich. „Ich würde deine Brüste gern küssen", murmelte er, mit dem Kopf schon an meinem Hals. Ich nickte zögernd. Er küsste und liebkoste mich so, dass ich alle Gedanken, die mit „Was, wenn..." begannen, im Keim erstickte. Ich musste an mich halten und stöhnte trotzdem immer wieder leise seufzend auf. „Woher kannst du das so gut?" Statt einer Antwort wanderte erst sein Mund, dann seine Zunge über meinen ganzen Körper. Er küsste alles: mein Gesicht, meinen Hals, meinen Bauch, meine Brust, meine Beine und Füße. Es war Wahnsinn!

„Jetzt bin ich bei dir dran!", sagte ich nach einer gefühlten Ewigkeit. Er legte sich auf den Bauch und ich blickte auf seinen beinahe haarfreien Oberkörper, den ich nun in sanften Kreisen streichelte und küsste. Er hatte ganz zarte Haut - wie ein Baby. „Wunderbar!" schnurrte er. Dann drehte er sich um und ich registrierte die Erektion in seiner Unterhose. Heiser flüsterte er: „Möchtest du ihn mal halten?" Ich stockte unwillkürlich in meinen Bewegungen. „Nein," schrie mein Bauch, „das will ich nicht!"

Doch ohne meine Antwort abzuwarten, hatte er seinen Slip schon mit den Füßen nach unten gestreift. Er bemerkte meine Unsicherheit und leitete mich: „Umschließ ihn mit deiner Hand… ja, so ist es gut!…Beweg deine Hand jetzt ganz leicht auf und ab…"

Als ich immer noch erschrocken schaute und nicht genau wusste, was ich machen sollte, nahm er mich in den Arm und erklärte mir zärtlich und vorsichtig das, was ich wissen wollte. Ich durfte alles fragen. Er war mein Liebes-Lehrer. Unser Treffen glich fast einer Biologiestunde.

„Dich packen wir jetzt weg; du warst für heute lange genug an der frischen Luft." Lächelnd packte er seinen inzwischen auf Normalgröße geschrumpften Penis ein und begann, mich wieder zu streicheln. Dankbar lehnte ich mich aufrecht sitzend so an ihn, dass er mühelos von hinten an meine Brust herankam, während wir uns leise flüsternd über das für mich Neue unterhielten. „War dir das jetzt zuviel?", fragte er.

Ich nickte, drückte meinen Kopf an seine Schulter und unterdrückte die aufkommenden Tränen. „Entschuldige, das wollte ich nicht. Auf einmal ging es mit mir durch und dann konnte ich mich nicht mehr bremsen." Er küsste meine tränennassen Augen. „Verzeihst du mir?" Ich nickte stumm und würgte die Tränen, die meine Kehle zu überfluten drohten, herunter. „Ich fühl´ mich so… - unbeholfen", sagte ich leise mit fast erstickter Stimme. „Das musst du nicht, mein Kleines." Nach einem langen Zungenkuss zogen wir uns an und wanderten wieder zurück durch das Dickicht.

Am nächsten Tag kam er aufgewühlt in unseren Kunstunterricht und bat mich auf die Seite. Gewissensbisse plagten ihn fürchterlich. „Wir hätten das nicht tun sollen", flüsterte er mir geknickt zu. Doch auch ich hatte nachts lange wach gelegen und viel darüber nachgedacht. „Es war schön!", tröstete ich ihn leise. „Ich schreibe dir, was ich darüber denke." Ein wenig aufrechter verließ er den Kunstraum und strahlte mich zum Abschied noch einmal an. Auch wenn ich das alles eigentlich nicht gewollt hatte, konnte ich die Anziehungskraft, die es zwischen uns gab, nicht unterdrücken. Kam er in meine Nähe, wurde ich schwach. Er war wie ein Magnet und zog mich durch seine Augen und sein jungenhaftes Lächeln in seinen Bann. Dagegen konnte ich nichts ausrichten.

10

Von meinem „Frühlings-Erwachen" erzählte ich niemandem, weil er mich darum gebeten hatte. „Es ist besser, wenn das alles unter uns bleibt.", hatte er gesagt. Ich hielt mich daran - war es doch „unser" Geheimnis, das uns zu Verbündeten machte. Über meine Erlebnisse Stillschweigen zu bewahren, fiel mir nicht schwer. Der Tagesablauf meiner Eltern war so durchstrukturiert, dass sie zwar im Büro oder im Haus anwesend waren, doch hatten sie immer zu tun: Arbeit, Garten, Haushalt, meine beiden kleineren Geschwister wollten umsorgt und beschäftigt werden, die vielen abendlichen Hobbys meines Vaters… Alle diese Faktoren begünstigten mein Schweigen ebenso wie die Tatsache, dass in unserer Familie über bestimmte Dinge nicht gesprochen wurde. Dazu gehörten insbesondere Gefühle und eben auch Liebe und Sexualität. Hinzu kam, dass unser Ort nur wenige hundert Einwohner zählte, von denen kein Kind mit auf mein Gymnasium ging. Wenn ich also meine Freundinnen sehen wollte, klappte das eher selten, da sie weit entfernt wohnten. Zum Teil betrug die einfache Entfernung fünfundzwanzig Kilometer. Auch in Vereinen war ich nicht aktiv. Mein Klavierlehrer kam einmal in der Woche zu uns nach Hause. Insofern war und fühlte ich mich niemandem so nahe, dass ich unser Geheimnis hätte ausplaudern können.

Er wusste das und merkte - zum Beispiel an seinem Verhältnis zu meinen Eltern -, dass ich alles für mich behielt. War er bei uns zu Hause, verhielt er sich unkompliziert, war fröhlich und sorgte dafür, dass meine Eltern sich in seiner Gegenwart wohl fühlten. Obwohl mein Vater sechs Jahre jünger als er war, stellten sie fest, dass sie sich in ihrer Jugend in dem Vorläufer meiner jetzigen Klosterschule, dem Jungeninternat, bestimmt begegnet sein mussten.

Seitdem bezeichnete Pater Konrady mich, insbesondere, wenn er mich seinen Mitbrüdern oder mir Fremden vorstellte, als sein „Patenkind". Das war ich natürlich nicht - ich hatte seit meiner Taufe andere Paten -, aber er meinte, das könne man doch freier interpretieren. Indem er bei anderen auf die vermeintlich gemeinsame Internatsvergangenheit mit meinem Vater und die sich daraus entwickelnde Freundschaft verwies, war ich allseits als das ihm nahe stehende „Patenkind" bekannt und gesellschaftlich akzeptiert.

Erwähnte er meinen neuen Status bei uns zu Hause, schien dieser meinen Eltern sogar recht zu sein. Als gläubige Katholiken sahen sie darin wohl eine Auszeichnung. Als gern gesehener, unterhaltsamer Gast schaute er öfter Fußballspiele mit uns gemeinsam im Wohnzimmer an und durfte mich im Herbst 1990 mit nach Frankfurt nehmen. Dort hatte er einen Termin mit dem Provinzial, dem Ordensoberen. Die Begründung gegenüber meinen Eltern war, dass er nicht alleine fahren müsse und dass ich die Stadt noch näher kennenlernen könne, denn vielleicht wolle ich später einmal dort studieren.

Ich war froh, das Provinzielle für ein Wochenende hinter mir lassen und Stadtluft schnuppern zu dürfen. Daneben gab es natürlich noch einen viel größeren Antrieb: Wir konnten endlich wieder Zeit miteinander verbringen. Das begann schon im Auto mit Händchenhalten und auf halber Strecke, in den Westerwälder Waldstücken hinter Rennerod, mit Küssen und Streicheleinheiten.

In Frankfurt angekommen, durfte ich am Tagesablauf der kleinen Kongregation von circa acht Patres teilnehmen. Für mich war das neu, doch als von außen Kommende empfand ich den Umgang miteinander kühl-distanziert, gemeinsame Gebete und Gottesdienste ohne Herz und innere Anteilnahme. Zwar gaben diese Zeiten und Gebete dem Leben Struktur, wirkten aber auf mich nicht so, als geschähe das Tun aus tiefster, innerer Überzeugung.

Als wir allein waren, sprach ich das an. „Ja", gab er zu, „wir sind im Grunde genommen ein bunt zusammengewürfelter Haufen und uns nicht sehr nah." Ich erfuhr, dass es sogar einen Pater gab, der zwar der Ordensgemeinschaft angehörte, doch gar nicht dort wohnte, sondern etwas weiter draußen. „Geht das denn?", fragte ich zweifelnd. „Das wäre doch so, als wenn ich zu meiner Familie gehörte, aber kaum dort bin." Ich konnte die „Gemeinschaft", die der Orden sein wollte, überhaupt nicht erkennen. „Im Grunde ist es doch mehr wie eine WG, in der jeder machen kann, was er will", meinte ich. „Ja, wahrscheinlich hast du recht. Wir erwirtschaften zwar durch unsere unterschiedlichen Dienste als Pfarrer, Krankenhausseelsorger oder als Lehrer in unseren Schulen Geld, von dem ich im Monat nur 60 DM als Taschengeld bekomme, teilen es miteinander, beten und essen zusammen - aber ansonsten verbringt jeder seine Zeit so, wie er möchte."

„Wie - du bekommst nur 60 DM Taschengeld?" fragte ich mit großen Augen. „Das klingt für dich vielleicht seltsam, aber so ist es. Davon zahle ich nur meine eigenen Belange, wenn ich beispielsweise Essen oder ins Kino gehe. Für alles andere wird gesorgt. Ich muss mir keine Gedanken darüber machen, was ich einkaufe, weil alles da ist. Wir haben eine Köchin, eine Wasch- und Bügelfrau und auch Putzfrauen. Wenn ich ein neues Shampoo brauche, gehe ich in den Keller und suche mir dort eins aus." - „Und wenn das aber nicht das ist, was du dir gekauft hättest?" - „Das ist mir egal. Da bin ich nicht anspruchsvoll.", gab er zurück.

Ihm gefiel, dass ich seine Lebensart hinterfragte, doch war für ihn nichts anderes in Frage gekommen. Direkt nach dem Abitur schon hatte er sich für diesen Lebensweg entschieden. „Wolltest du nie heiraten oder austreten?", fragte ich neugierig. „Es gab immer Phasen, in denen es auch Zweifel gab, aber daneben gab es auch viel, was mich hielt", meinte er nachdenklich. „Dadurch, dass organisatorisch für mich gesorgt wird, muss ich mir darum keine Gedanken machen und gewinne Freiraum, den ich woanders oder für andere einbringen kann." - „Aber... - was wäre denn, wenn du aus dem Orden austreten würdest?", fragte ich hartnäckig weiter. „Bekämest du weiterhin Geld?" - „Nein, ich bekäme nichts. Meinen Beruf wäre ich auch los: Als Gemeindepfarrer oder Religionslehrer an einer konfessionellen Schule könnte ich dann nicht mehr arbeiten. Auch meine Altersversorgung, die jetzt der Orden übernimmt, würde mir nicht mehr zustehen. Aber das ist nicht der Grund, aus dem ich bleibe.", sagte er. „Warum bleibst du denn, wenn ihr euch noch nicht einmal richtig gut versteht?", fragte ich. „Ich wollte immer Menschen in ihren unterschiedlichen Lebenssituationen helfen, Glauben verkünden und wäre am liebsten in die Mission gegangen. Aber dahin hat man mich nicht gelassen." - „Was? Wieso denn nicht? Wer kann dir das denn verbieten?", ereiferte ich mich erbost. „Mein Ordensoberer. Er darf bestimmen, wo ich wirken soll und an welchem Ort ich am meisten gebraucht werde. Meist geschieht das in Absprache, aber bei mir war es so, dass ich nach meinem Theologie- noch ein Lehramtsstudium anhängen sollte, damit ich als Lehrer in eine unserer Schulen konnte. So habe ich mich für zwei weitere Fächer entschieden." - „Warum lässt du dir das vorschreiben, wenn du doch eigentlich etwas anderes vorhattest?" Ich konnte das überhaupt nicht nachvollziehen. „Als Ordensmann gelobt man Ehelosigkeit, Armut und Gehorsam.", klärte er mich auf. „Gehorsam ist oft der schwierigste Teil der so genannten drei evangelischen Räte. Auch jetzt bin ich hierher gerufen worden, weil man mit mir eventuell etwas anderes vorhat." Entsetzt blickte ich ihn an. „Mach dir keine Sorgen, Kleines. Noch ist das Ganze nicht spruchreif und noch viel zu vage." Eine weiterführende Auskunft dazu wollte er mir nicht geben.

Stattdessen lenkte er mich ab: „Komm, wir gehen jetzt in die Stadt." Dort merkte ich zum einen, dass es für ihn das Größte war, zu bummeln. Sonst kam er ja kaum in Läden, denn für den täglichen Bedarf musste er nicht sorgen. Zum anderen fiel mir auf, dass er überhaupt nicht wusste, was eine Hose oder wie viel Geld andere Sachen kosteten. „Ich habe kein Verhältnis zum Geld", gestand er, als ich ihn darauf ansprach. „Das ist für mich bedrucktes Papier." Jemanden, der so dachte, hatte ich noch nicht kennen gelernt. Was ich beobachtete, war, dass er für sich selbst tatsächlich nicht viel ausgab. Seine Kleidung stammte, wie er mir stolz erklärte, aus drei Jahrzehnten. „Alles kommt immer wieder in Mode. Und ich habe es dann noch", grinste er. „Mir ist vollkommen egal, was ich anziehe. Mein Kleiderschrank ist voll, weil ich nichts wegwerfen kann." Das erstaunte mich noch mehr.

Gern lud er mich mittags zum Essen ein - zum Dank dafür, dass ich mit ihm gefahren war. „Ich will dir doch auch etwas bieten", lächelte er. Wir gingen chinesisch essen und es schmeckte köstlich. Dabei unterhielten wir uns über unsere Beziehung und die kommende Nacht. Wenn im Kloster alles zur Ruhe gekommen war, wollte ich mich zu ihm schleichen, um mit ihm zu kuscheln. „Hoffentlich sieht mich keiner!", sinnierte ich aufgeregt. Er schien jedoch den Tagesablauf eines jeden Mitbruders genau zu kennen. „Nein, um acht sitzen alle am Fernsehen im Gemeinschaftszimmer und schauen Nachrichten", meinte er unaufgeregt.

Nach dem Essen durchstreiften wir die Stadt und kamen an einem Drogeriemarkt vorbei, in den ich gern gehen wollte. Erstaunt war er darüber, wie vielfältig die Deo- und Duschgel-Abteilung war. So lange schon war er nicht mehr einkaufen gewesen. Dann standen wir vor dem Regal mit Kondomen und scherzten, dass wir dafür vielleicht auch Verwendung haben könnten. „Aber du traust dich bestimmt nicht, die zu kaufen.", grinste ich. Zwar war es ihm peinlich, aber schlussendlich lag ein Päckchen Ritex -versteckt unter anderen Artikeln - auf dem Kassenband. Unser Vorteil: Hier kannte uns keiner. Trotzdem trennten wir uns und ich ging schon vor das Geschäft, während er - bewusst cool - bezahlte und alles Gekaufte schnell in einer Tüte verschwinden ließ.

Wie abgesprochen schlich ich abends in meinem schwarz-bunten Flatter-Nachtgewand - einer Art Vorläufer des Jumpsuits - über den langen, dunklen Gang zu ihm. Glücklicherweise wohnten wir beide im Gästetrakt des Klosters, so dass der Weg überschaubar war. Tatsächlich blieb alles ruhig. Unbemerkt kam ich bei ihm an und er schloss die Zimmertür ab. Freudestrahlend küssten wir uns innig und kuschelten uns im Bett eng aneinander. Auch er trug schon seinen Pyjama. Da seit unserem letzten Treffen Monate vergangen waren, hatten wir es eilig. Schnell wurden die Schlafanzüge abgestreift und wir kuschelten Haut an Haut. Wunderbar fühlte sich das an! Wohlig genoss ich seine Rückenmassage.

„Wollen wir die jetzt ausprobieren?" Fragend hielt er das mittags gekaufte Päckchen hoch. Ich nickte. Kondome dienten zur Verhütung - so viel wusste ich. Was bei der Anwendung genau passierte, war mir noch nicht klar. Schwanger werden wollte ich nicht und auch nicht mit ihm schlafen. Davor hatte ich große Angst. Gelesen und gehört hatte ich, dass es beim ersten Mal sehr weh tat. Flüsternd unterhielten wir uns darüber. Ich merkte: Auch er hatte Befürchtungen, dass etwas schief gehen und ich schwanger werden könnte. So war die Grenze schnell abgesteckt: Eindringen würde er nicht. Ich fühlte meine Erleichterung: Mein Herz tanzte vor Freude.

Auch wenn er sonst nicht der Penibelste war: Jetzt achtete er peinlich genau auf Sauberkeit und erklärte mir, warum er dabei so akribisch war. „Manchmal, wenn man große Lust hat, entwischt ein Tröpfchen schon einmal unbemerkt. Aber auch das enthält Samen und auch davon ist es möglich, schwanger zu werden." Glucksend und erregt küssten wir uns und hatten Spaß am Erforschen des andern. Er brachte mir bei, dass es verschiedene Stellungen gab, die wir - nur so pro forma - gleich ausprobierten. Am gemütlichsten fand ich die Löffelchen-Stellung, bei der wir eng ineinander verwoben hintereinander lagen. Er hielt von hinten meine Brüste und sein Penis schob sich zwischen meine Beine. Plötzlich flüsterte er mir von hinten ins Ohr: „Ich bin gekommen." Mit diesem Satz konnte ich nichts anfangen. Was bedeutete das? Unsicher fragend lächelte ich ihn an. Da schien ihm wieder bewusst zu werden, dass ich blutiger Anfänger war, was Sex betraf. Statt einer Antwort zeigte er mir das, was sich in der Spitze des Kondoms gesammelt hatte. „Das ist der Samen, das Ejakulat." Ich musste schmunzeln: „War ich so erregend?" - „Ja, unglaublich! Du bist so wunderschön, Stefanie!", raunte er mir sanft zu.

Als wir danach eingerollt und ineinander verschlungen da lagen, dachte ich: „Das ist es also - deshalb dieser ganze Hype!" Als ich nach einer Weile noch einmal mit ihm darüber sprechen wollte, war er eingeschlafen. Süß sah er aus, wie er mit geschlossenen Augen dalag. So friedlich! Verzückt blickte ich ihn an und streichelte sein Gesicht. Davon erwachte er. Einige Stunden blieben wir noch beieinander, dann schlich ich mich wieder zurück in mein Gästezimmer. Schlafen konnte ich nicht - so voll war mein Kopf mit neuen Erfahrungen. Über die musste ich in Ruhe nachdenken.

11

Zuhause angekommen, mussten wir lange ausharren, bevor wir uns das nächste Mal zu zweit treffen konnten. Erst im Februar war es wieder soweit. Bis dahin schrieben wir unzählige Briefe und telefonierten nahezu jeden Mittag miteinander.

Ein Telefonat erschütterte mich: Eines Mittags fragte er mich, ob ich noch wüsste, dass wir in Frankfurt gewesen seien, weil sein Vorgesetzter ihn zu einem Gespräch dorthin gebeten hatte. „Ja, klar erinnere ich mich noch daran.", sagte ich und musste lächeln. „Es war toll!" Dieses Erlebnis meinte er aber nicht. „Man hat mir gesagt, ich könne ab Sommer eine Gemeinde in Frankfurt übernehmen." Mein Lächeln verschwand abrupt. „Warum? Haben die das mit uns herausgefunden?", fragte ich aufgewühlt. „Nein, davon war gar nicht die Rede.", beruhigte er mich. „Und - was hast du gesagt? Hattest du diesmal Mitspracherecht? Dann hast du doch wohl hoffentlich nein gesagt!", sprudelte es aufgeregt aus mir heraus. „Ich habe gesagt, dass ich´s gern machen würde.", sagte er kleinlaut. - „Aber - wieso denn? Dann ziehst du weg und wir sehen uns gar nicht mehr!" Vor Enttäuschung heulte ich laut auf. Da ich kein Taschentuch dabei hatte, musste mein schwarzer Schal herhalten. „Doch, wir sehen uns natürlich noch", beschwichtigte er mich. „Ich bin doch nicht aus der Welt. Du kommst mich besuchen."

Ich fühlte mich schrecklich. Das konnte doch alles nicht wahr sein! „Aber warum denn?", hakte ich nach, so, als könnte ich noch etwas an der Entscheidung ändern. „Ich habe dir doch erzählt, dass ich ursprünglich gar nicht vorhatte, an die Schule zu gehen. Weiterentwickeln kann ich mich in der Schule nicht - bei allem, was ich bisher in Richtung Beförderung unternommen habe, werde ich ausgebremst. Man will mich nicht in der Schulleitung. Deshalb ist Zeit für etwas Neues. Und: Gemeindearbeit kann ich mir gut vorstellen." Das saß. Die Würfel waren längst gefallen und ich wurde vor vollendete Tatsachen gestellt. Das traf mich hart - fast noch härter als die Tatsache, dass er ging. Ich hatte gedacht, wir wären auf gleicher Augenhöhe. „Warum hast du mich nicht vorher gefragt?" Beleidigt putzte ich meine Nase in meinem Schal. Wenn mich jetzt jemand in der Telefonzelle so verweint sah, war mir das egal. Sollte er doch denken, was er wollte! Für mich war eine Welt zusammengebrochen. „Deine Antwort habe ich doch gekannt.", sagte er schuldbewusst. Dann versuchte er, mich zu beschwichtigen. „Mir ist die Entscheidung nicht leicht gefallen - jetzt, wo ich dich habe.", sagte er bedauernd. „Wegen dir will ich nicht weg. Innerlich spüre ich aber, dass es für mich richtig ist. Ich kann noch einmal etwas Neues machen. Und in gut drei Jahren stellt sich auch für dich die Frage, wohin du zum Studium gehst - und dann kannst du ja wieder zu mir kommen!" Sein warmes Lächeln spürte ich sogar durch das Telefon. „Meinst du?", fragte ich zweifelnd. Ich wusste noch nicht einmal, ob ich überhaupt studieren wollte, geschweige denn, was. Das lag alles für mich noch in weiter Ferne. Drei Jahre erschienen mir ewig.

„Das wäre doch ein guter Ansporn! Drei Jahre sind schnell vergangen." Er klang völlig überzeugt. „Aber um eines bitte ich dich: Behalte das noch für dich. Ich möchte nicht, dass mein

Weggang schon in der Schule publik wird. Das bekommen die ganz zum Schluss gesagt. Bis dahin machen wir uns noch eine schöne Zeit zusammen.", tröstete er mich. Wenig überzeugt ging ich schleppend und schweren Herzens den Weg zurück zu meinem Zimmer.

An sein Versprechen hielt er sich: Die Zeit bis zum Sommer wurde tatsächlich wunderbar. An Weihnachten kam er bei uns vorbei und in den Osterferien fuhr er sogar mit uns in den Skiurlaub. Das versöhnte mich ein wenig mit der Tatsache, dass er umziehen wollte.

Auch in sein Allerheiligstes, in das sonst niemand eingeladen wurde, verschaffte er mir Zutritt: Ich durfte sein Zimmer sehen. Eigentlich waren es drei kleine Zimmer, die sich auf dem Flur gegenüber lagen. Eines davon nutzte er als

Arbeitszimmer. Es war vollgestopft mit Kladden, Büchern und Regalen. Was mich in den beiden anderen Zimmern erwartete, hatte ich mir in meinen kühnsten Träumen nicht vorgestellt. Jetzt wusste ich, warum er niemanden hier empfangen konnte: Der komplette Boden, der Schreibtisch, jedes Regal und Tischchen, das noch mühsam in dem Durcheinander zu erkennen war, war belegt mit allen möglichen Papieren, Aktenmappen, Büchern und anderem Kram. „O…", entfuhr es mir. Er wurde rot. „Ich sammle alles und kann einfach nichts weg werfen." Auf einem winzigen, gerade einmal fußbreiten Gang konnten wir uns fortbewegen - hinein ins nächste Zimmer.

„Das ist mein Schlafzimmer", sagte er. Komisch, ich sah keine Schlafgelegenheit. „Wo ist denn dein Bett?", fragte ich neugierig. „Da, hinter den Bücherregalen." Er nahm mich an der Hand und führte mich auf einem Durchgangs-Pfad, vorbei an einem kleinen, innenliegenden Bad, zwischen einer Vielzahl raumhoher Schränke um mehrere vollgestellte Bücherregale herum. Dahinter befand sich tatsächlich ein Bett. „Das ist meine Koje.", sagte er lächelnd. „Sieht aus wie ein Nest!" Trotz der heillosen Unordnung, die ich von Zuhause überhaupt nicht kannte, fand ich es irgendwie gemütlich. Er setzte sich und zog mich auf seinen Schoß. „Was würdest du denn jetzt gerne tun?" fragte er mich mit lachenden Augen. „Was wohl: Mit dir ins Bett gehen!" Sofort zog er mich noch näher zu sich und ließ sich nach hinten fallen.

Nachdem wir uns leise ausgetobt hatten, unterhielten wir uns flüsternd über seine Wohnsituation. „Warum lebst du so?", wollte ich wissen. Bei meinem Gang ins Bad hatte ich gesehen, dass dort seit Jahren nicht geputzt worden war. „Ich kann niemanden in mein Chaos lassen - auch keine Putzfrau.", sagte er entschuldigend. „Du bist die erste, die hier herein darf." Ich verstand, dass das ein Vertrauenserweis war und er sich in seiner Unordnung einerseits geborgen, sich ihr andererseits aber auch ausgeliefert fühlte. „Aber… - wie ist es dazu gekommen?" wollte ich wissen. Er erzählte mir, dass er die Nachkriegsjahre bewusst miterlebt hatte, auch die Armut. „Damals warf man nichts weg. Irgendwann konnte man es sicherlich noch gebrauchen. Man hortete alles." Ich verstand, auch wenn ich zum Glück in einer anderen Zeit geboren worden war. „Und warum hast du dich hier so eingeigelt?" Ich deutete auf das nestartige Konstrukt von Regalen und Bett. „Als Kind wurde ich für einige Zeit weggegeben. Ich war vielleicht fünf oder sechs Jahre alt, sehr schmächtig und sollte bessere Nahrung bekommen. So kam ich zu einer Art Pflegefamilie auf einen Bauernhof. Die hatte wenigstens genug Milch und ab und zu auch Butter und Fleisch." Puh - das klang grausam: sein Kind einfach wegzugeben! „Es fiel meinen Eltern nicht leicht, aber sie taten es mir zuliebe.", erriet er meine Gedanken. „Das Bett ist mein Rückzugsort. Hier kann ich einfach nur ich sein." Er brauchte einen Ort, den ihm niemand nahm, der ihm Sicherheit vermittelte. Das war seine ganz private Zuflucht - wenn er sich sonst alle Räume im Kloster mit den anderen Patres teilen musste. Und die gestaltete er sich so, wie es ihm gut tat - umgeben von Dingen, von denen er sich nicht trennen konnte. „Wenn du bald ausziehen musst", schon kamen mir Tränen in die Augen, „und du dann jemanden zum Aussortieren und Aufräumen brauchst, dann helfe ich dir.", versprach ich ihm, weil ich ahnte, dass er es allein nicht schaffen würde. Ich konnte gut wegwerfen und ihn auch mit Nachdruck dazu bringen, dass er sich von Unnützem trennte. Ich hielt mein Versprechen. Wochenlang sortierten wir aus, warfen weg und packten in Kartons, was er mitnehmen wollte. Er war dankbar, dass ich ihm half.

12

Von meinen Mitschülern blieb - wie ich zuerst dachte - meine Liaison doch nicht gänzlich unbemerkt. Ich spürte, wie sie über mich sprachen, sah ihre Blicke und wurde auch manchmal direkt mit ihren Vermutungen konfrontiert. „Du hast doch was mit dem!" Mittlerweile recht geübt tat ich so, als würde mir das Getuschel nichts ausmachen und redete mich wieder und wieder aus der Affäre - im wahrsten Sinne des Wortes. Doch war ich nur äußerlich ungerührt. Innerlich verletzte mich, was sie sagten. In solchen Momenten fühlte ich mich nicht dazu gehörig, wie ein Außenseiter. Hinzu kam, dass ich, bevor ich sechzehn war, auf keine Party oder Disco durfte. Meine Eltern hatten Angst um mich. Das belustigte mich. Wenn die wüssten, was ich unter ihren Augen trieb! Aber ihnen kam es keineswegs sonderbar vor, dass ich so viel Zeit mit einem wesentlich älteren Mann verbrachte. Es schien ihnen recht zu sein. So mussten sie sich nicht kümmern. Ich war ja „gut aufgehoben"!

Als ich sechzehn war, hatte alles Betteln geholfen und ich durfte in eine Disco. Eigentlich war Disco das falsche Wort, denn es handelte sich eher um eine in einer Schützenhalle veranstaltete Dorfparty mit lauter Musik und jeder Menge Alkohol. Zu diesem Zweck übernachtete ich bei einer Freundin, die praktischerweise fast neben der Dorfgemeinschaftshalle wohnte, in der die Fete steigen sollte. Wir standen stundenlang vor dem Spiegel und machten uns aufgeregt schnatternd zurecht.

Seit einiger Zeit hatte ich in der Schule einen Verehrer aus der dreizehnten Klasse: Georg. Er unterhielt sich oft mit uns vier Freundinnen und warf mir schmachtende Blicke zu. Zur Disco wollte er auch kommen. Es kam, wie es kommen musste: Als passionierter Redner verstand Georg es gekonnt, mich so von sich zu überzeugen, dass ich ihm erlaubte, mich zu küssen - zwar nicht mit Zunge, aber im Raum so positioniert, dass es viele meiner Mitschüler sahen. Trotz geschlossener Augen bemerkte ich das und jubilierte innerlich. Endlich würden die üblen Nachreden aufhören!

Als wir zu meiner Freundin nach Hause gingen, fühlte ich mich wunderbar normal. Jetzt gehörte ich dazu! Das Gefühl hielt so lange an, bis sie mich fragte: „Seid ihr jetzt zusammen?" Vor Schreck erstarrte ich. „Meinst du? Ich weiß nicht.", gab ich unsicher zurück. Den ganzen Abend hatte ich Pater Konrady komplett ausgeblendet. Oje -

wie sollte es jetzt weiter gehen? Was wollte ich denn überhaupt? Schlaflos wälzte ich mich hin und her. Liebte ich Georg? Er stellte etwas dar, war redegewandt, selbstsicher, überzeugend. Aber tief innerlich wusste ich: Hingezogen fühlte ich mich nicht zu ihm. Als Mann sprach er mich überhaupt nicht an. Er hatte keine warmen Augen. Also verkündete ich ihm kurzerhand montags in der Pause, dass ich gerne mit ihm befreundet bleiben würde, aber nicht in ihn verliebt sei. Das war eine herbe Niederlage für ihn - war er doch sonst gewohnt, zu bekommen, was er haben wollte!

Kleinlaut beichtete ich meinen Fremdkuss auch Pater Konrady Wir saßen in seinem Arbeitszimmer und er fütterte mich mit Mandarinen. Georg war ihm ein Dorn im Auge - er kannte ihn, hatte ihn mehrere Jahre unterrichtet und mochte seine selbstdarstellerische Art nicht. Ich war geknickt, dass ich es hatte so weit kommen lassen - großherzig verzieh er mir jedoch und ich konnte wieder befreit lachen. Wir gingen über den Gang in sein Schlafzimmer und versöhnten uns.

Auf dem Rückweg passierte es dann: Kurz vor dem Aufzug, der mich ungesehen wieder hinaus befördern sollte, begegnete uns Pater Holtsaten. In der sechsten Klasse war er vertretungsweise mein Englischlehrer gewesen. Mich durchfuhr ein Schreck. Abwechselnd wurde mir heiß und kalt. Aber Pater Konrady grüßte ihn freundlich und tat ungerührt so, als sei es völlig normal, dass ich mit ihm im Wohntrakt der Mitbrüder herumlief. „Wir haben schon ein wenig ausgeräumt für meinen Umzug", erklärte er ihm lapidar. Und schon gingen wir weiter. Ich war aufgelöst. „Was denkt der jetzt von uns?", fragte ich aufgebracht. „Was soll er denken - gar nichts.", gab Pater Konrady seelenruhig zurück. „Es ist nicht verboten, Besuch mit auf's Zimmer zu nehmen." Ich bewunderte seine Coolness. Mir war noch nicht bewusst geworden, dass in diesem Kloster jeder wirklich tun und lassen konnte, was er wollte. Das Motto war: leben und leben lassen.

13

Keiner störte sich an der Lebensweise des anderen. Es ging ihn einfach nichts an. Aus diesem Grund hatte wohl niemand etwas dagegen, dass Pater Konrady im Sommer mit meiner Familie den Urlaub an der Ostsee verbrachte. Etwas weiter außerhalb des kleinen Örtchens, in das wir seit Jahren fuhren, logierte er. Als Frühaufsteher war er morgens der erste am Strand, verweilte sich dort, bis wir aufstanden und brachte uns gegen neun Uhr frische Brötchen. Natürlich frühstückte er mit uns. Gemeinsam ging es dann an den Strand, Rad fahren oder auf einen Ausflug nach Lübeck. Beklommen wurde mir nur um´s Herz, wenn ich an seinen bevorstehenden Wegzug nach Frankfurt dachte. „Du hast doch bald Herbstferien

- und dann kommst du mich besuchen.", tröstete er mich, wenn ich allzu sehr trauerte.

Die Zeit bis zu den Herbstferien verging dann wirklich wie im Flug. Die Oberstufe mit ihren verschiedenen Kursen war ein Segen für mich. Der Grund waren einige Neuzugänge von der Realschule sowie aus den umliegenden Gymnasien. Unter ihnen fand ich neue Freundinnen, die nichts von Pater Konrady wussten, weil sie ihn nicht kannten und er kein Lehrer mehr an unserer Schule war. Die Situation war insgesamt gesehen also besser, als ich zu hoffen gewagt hatte.

Als ich ihn in den Herbstferien besuchte, fielen wir uns in die Arme wie Totgeglaubte. Ich hatte ihn sehr vermisst! Dass auch er Sehnsucht nach mir gehabt hatte, ließ er mich schnell spüren: Wie ausgehungert fiel er regelrecht über mich her, als wir allein in seinem Zimmer standen. Er riss mir mein Oberteil vom Leib, küsste meine Brust und legte sich auf mich. Nach wenigen Sekunden durchzuckte es ihn. Schnell verschwand er im Bad und zog sich komplett aus. „Es ist mit mir durchgegangen - schau mal.", grinste er schelmisch und zeigte mir seine feuchte Hose samt Unterhose. „Na, ist das eine stürmische Begrüßung! Du bist ja nicht mehr zu halten!", lachte ich.

Doch die Freude währte nicht lange. Zwei Wochen später war mir - ins Sauerland zurück gekehrt - hundeelend zumute. Am Telefon erzählte ich ihm schluchzend, dass ich „überfällig" sei. „Meine Tage kommen einfach nicht. Meinst du, es ist durch die Jeans gegangen und ich bin jetzt schwanger?", heulte ich. „Dann müsste es zwei Hosen überwunden haben. Ich hatte meine ja auch noch an. Das kann nicht sein.", versuchte er mich zu beruhigen. Aber ganz wohl war ihm auch nicht, das hörte ich. „Was passiert, wenn ich jetzt wirklich schwanger bin?" Ich malte mir vor allem nachts schon verschiedene Szenarien aus und fühlte mich völlig überfordert. Zu allem Unglück war er so weit weg. „Ich würde gut für euch sorgen.", sagte er. Dieser Satz ließ mich unvermittelt aufhorchen. „Was heißt das? Würdest du dann nicht austreten, um mit mir zusammen zu sein?" - „Ich bin doch viel zu alt und würde dir den Weg zu gleichaltrigen Partnern versperren." Ach - auf einmal! Wutentbrannt legte ich zum ersten Mal den Hörer mitten im Gespräch auf.

An diesem Tag rief er mehrfach bei meinen Eltern an, um mich zu sprechen, aber ich war verletzt. Die Zeit kam ihm zur Hilfe: Einige Tage später setzte meine Periode ein, ich glaubte seiner Entschuldigung und verzieh ihm.

Auch Silvester durfte ich bei ihm in Frankfurt verbringen. Überall stellte er mich als sein Patenkind vor, was mir immer etwas unangenehm war, weil es nicht stimmte. Die Leute akzeptierten mich jedoch daraufhin als diejenige, die unter dem persönlichen Schutz ihres Pfarrers stand, und so sagte ich nichts dagegen. Was mir an Silvester auffiel - trotz des Kreises der vielen Menschen, in dem wir um Mitternacht standen: Ich fühlte mich entsetzlich einsam! „Warum?", fragte er mich, als wir nach Hause liefen und ich ihm mein Gefühl beschrieb. „Weil du mich nicht im Arm hast und küsst.", schniefte ich traurig. „Das hole ich gleich nach!", versprach er und strahlte mich an. „Einverstanden?" Ich versuchte, sein Lächeln zu erwidern. Tief innerlich wusste ich, dass es trotzdem nicht dasselbe war. Ich wollte ihn für immer an meiner Seite haben. Das sollte auch nach außen sichtbar sein. Am liebsten würde ich Hand in Hand mit ihm über die Straßen laufen, damit jeder sehen konnte, dass wir zusammen waren und uns liebten. Unser Altersunterschied war mir völlig egal - wenn wir zusammen waren, spürte ich ihn fast nie. Was er mir jedoch bieten konnte, war immer nur eine Liebe im Verborgenen auf Zeit. Mehr und mehr nagte das an mir.

14

Doch durch seinen Charme und seine Fröhlichkeit gelang es ihm immer wieder, diese Gefühle in mir gar nicht erst aufkommen zu lassen. Wenn ich ihn sah, war alles gut und ich musste ihn einfach anstrahlen. Zudem gab es eine neue Aussicht auf ein Date zu zweit: Da ich keine Lust mehr hatte, mit meinen Eltern in den Urlaub zu fahren, hatten wir abgemacht, dass ich das Haus hüten sollte. Meine Geschwister fuhren selbstverständlich mit. Wenn ich Probleme haben sollte, konnte ich meine Oma kontaktieren, die nur wenige Kilometer entfernt wohnte.

Das hieß für mich: sturmfreie Bude! Begeistert erzählte ich ihm davon und lud ihn ein, eine Woche mit mir im Haus meiner Eltern zu verbringen. Beide freuten wir uns unbändig auf diese Zeit zu zweit. Genau geplant hatten wir, wie er - von unseren neugierigen Nachbarn unbemerkt - ins Haus kommen konnte. Nachts um zwei Uhr, wenn alles schlief, wollte er seinen Wagen in der Garage meiner Mutter parken, die ich dann schnell verschließen wollte. Alles verlief nach Plan. Pünktlich traf er ein, ich schloss die Garage hinter ihm und wir machten es uns in meinem Zimmer auf dem ausgezogenen Sofa gemütlich, das ich schon vorbereitet hatte. Essen und Getränke standen auf meinem Schreibtisch und so blieben wir tagelang in meinem Zimmer und genossen unsere „Bett-Tage" wie er sie nannte. Langweilig wurde es uns dabei nicht. So vieles gab es noch auszuprobieren - auch wenn wir immer noch nicht miteinander geschlafen hatten. Die Angst vor den möglichen Folgen war einfach zu groß und ließ - auch in leidenschaftlichen Situationen - immer wieder die einmal gesetzte Grenze deutlich werden.

Zwischendurch unterhielten wir uns. Ich erfuhr viel von ihm und seiner Familie, der Zeit nach dem Krieg und über sein Leben im Kloster. Irgendwann fragte ich ihn: „Wann hast du dich zum ersten Mal verliebt? Und in wen?" Er erzählte mir, dass er erst kurze Zeit im Orden gewesen sei, als er eine Ordensschwester heimlich geküsst habe. Doch hätten sie sich aufgrund ihrer Gelöbnisse schnell alles Weitere verboten.

„Und dann?", fragte ich wissbegierig nach. „Dann war eine lange Zeit gar nichts. In meinem Zweitstudium lernte ich eine Studentin kennen, die mit mir auf Lehramt studierte." - „Und?" Alles musste ich ihm aus der Nase ziehen. „Wir lernten viel zusammen und irgendwann ergab es sich...", fing er an, brach aber mitten im Satz ab. „Was ergab sich?", forschte ich weiter. Auf mich machte er den Eindruck, als hätte er noch nie jemandem von dieser Seite seines Lebens erzählt. Mit dieser Studentin hatte er eine Beziehung, aber auch mit ihr habe er nicht geschlafen. „Warum nicht?", bohrte ich neugierig nach. „Auch sie hatte noch keine Erfahrung und war noch Jungfrau. Und ich hatte mir vorgenommen, sie als Jungfrau eines Tages in die Ehe zu entlassen." Das klang pathetisch. „Ihr späterer Mann, der über ihre Beziehung zu mir wusste, konnte das gar nicht begreifen. Aber so war es.", lächelte er.

„Und dann?", fragte ich wie ein kleines Kind, das begierig darauf ist zu erfahren, wie die Geschichte weiter geht. „Einige Zeit danach lernte ich die Tochter eines Bekannten kennen.", sagte er langsam. „Ich liebte es, ihre Brust zu liebkosen.

Doch sie war unglücklich und nahm sich das Leben." - „Wie denn?", fragte ich erschrocken. „Es war schlimm. Ich bin mit dem Auto dorthin gerast an diesem Tag, aber zu spät gekommen. Sie nahm Zyankali, ein Gift, an das sie heran kam. Sie lag im Wald. Man sah noch, dass sie sich im Todeskampf in den Waldboden eingegraben hatte. Es war furchtbar.", sagte er traurig. „War es wegen dir?" - „Nein. Sie wollte nicht mehr leben und hatte auch einen Abschiedsbrief hinterlassen." Puh - das musste ihn sehr mitgenommen haben, obwohl er jetzt ganz gefasst wirkte. Weinen könne er nicht, hatte er mir mal erzählt. „Hast du geweint?" - „Nein." Jeder von uns hing seinen Gedanken nach.

Nach einer ganzen Weile fragte ich weiter. Durch diese Studentin, die sich das Leben genommen hatte, lernte er ihre Freundin und deren Familie kennen. Er beschrieb ihre schrecklichen Familienverhältnisse und erzählte, dass diese Frau schon früh vom Freund des Vaters missbraucht worden sei. „Seitdem hatte sie das Thema Sexualität eigentlich abgeschrieben.", sagte er ernst. „Was heißt eigentlich?" Im Nachforschen war ich gut. „Einmal haben wir zusammen gezeltet. Und dabei ist es dazu gekommen…" Er stockte. „Wozu?" - „Naja, plötzlich, ich weiß auch nicht wie, war ich drin. Aber nur einen Zentimeter. Vor Schreck habe ich ihn gleich wieder ´raus gezogen. Sie war verletzt, weil ich so reagierte."

Ich spürte einen bohrenden Schmerz in meinem Herz. Auch ich war verletzt, obwohl das ganze lange her zu sein schien. Ein stechendes Gefühl begann sich in mir breit zu machen. Mit der hatte er „es" gemacht - und mit mir nicht! Immer wieder malte ich mir die Situation im Zelt aus und ließ ihn spüren, dass ich sauer war. Wir kannten uns inzwischen so gut, dass er schnell merkte, dass sich etwas verändert hatte. „Was ist los?" Treuherzig sah er mich an. Tränen schossen mir aus den Augen. „Ich mag sie nicht.", konnte ich nur noch sagen, bevor ich wie ein Schlosshund heulte. „Warum denn - das ist doch schon lange her und seitdem auch nicht wieder passiert.", versuchte er mich zu beruhigen. „Wir haben heute ein rein freundschaftliches Verhältnis."

Dieser Satz brachte mich nur noch mehr in Rage. „Wie - ihr habt immer noch Kontakt?" Ich war blind vor Eifersucht. Er nickte. „Ein- oder zweimal im Jahr besuche ich sie." Ich konnte es nicht glauben. Naiv wie ich war, hatte ich bislang gedacht und das auch nie in Frage gestellt, dass ich für ihn - wie er auch für mich - einzigartig sei.

Die Frage der Treue war mir nie in den Sinn gekommen. Aber: weit gefehlt! In meinem Kopf drehte sich alles. Kein Wunder hatte er mir den Kuss mit Georg so schnell verzeihen können! Ich war tief getroffen und alles in mir toste vor Wut.

„Sie nimmt dir nichts weg, Stefanie.", sagte er ernst. „Du bist mein Kleines, meine Nummer eins." „Schwörst du das?", schluchzte ich verzweifelt. „Ja!" Dabei sah er mir so süß in die Augen, dass ich unwillkürlich lachen musste.

Dennoch fragte ich ihn nach jeder Fahrt zu ihr bis ins Detail aus, was er dort gemacht und zu ihr gesagt habe - er fühlte sich immer wie in einem Verhör, berichtete mir jedoch, wie es gewesen war. Nutzte er mein Vertrauen aus? Kleinste Zweifel blieben. Manchmal ist es einfach nicht unbedingt förderlich, wenn Frau zu genau erfährt, welche Beziehungen ein Mann vor ihr gehabt hatte. Das lernte ich jetzt.

15

Die Oberstufe verflog und ich machte mein Abitur. Schnell war klar, dass ich zum Studium nach Frankfurt gehen würde. Lehramt wollte ich studieren. Inspiriert dazu hatte mich Pater Konrady. Das sei doch ein Beruf, den ich später gut mit Kindern und Familie vereinbaren könne. Wenn er so etwas sagte, fühlte es sich für mich immer seltsam an. Mit ihm würde das wohl nicht sein, oder? Kaum hatte ich den Gedanken zugelassen, schob ich ihn auch schon wieder weit weg. Meine Eltern waren beruhigt, dass jemand vor Ort war, den ich kannte und der sich um mich kümmern konnte. Da sie nicht studiert hatten, hatten sie das Gefühl, mir nicht wirklich helfen zu können und waren froh, dass es Pater Konrady in meiner Nähe gab.

Fünf Fahrradminuten von ihm entfernt bezog ich meine erste eigene Wohnung. Eigentlich war es nur ein kleines Zimmer, für mich bedeutete es jedoch die große Freiheit. Ich fühlte mich leicht und ungezwungen; das Studium gefiel mir und ich lernte jede Menge neuer, netter Leute kennen, mit denen ich meine Zeit an der Uni und oft auch nachmittags und abends verbrachte. Dennoch riefen Pater Konrady und ich uns täglich an und genossen es, wieder vereint zu sein. Abends kam er meist bei mir vorbei, aß eine Kleinigkeit und wir erzählten uns von unseren jeweiligen Erlebnissen.

Auch in seiner Gemeinde war ich als sein Patenkind aktiv: Lektor, Kommunionhelfer, Firmgruppenleiter, Chorsänger - alle Aufgaben übernahm ich selbstverständlich. Auch zu Beerdigungen von Obdachlosen, die keine Angehörigen mehr hatten, bat er mich hinzu, um ihnen durch meine „Gemeindeantworten" ein Stück Ehre zu erweisen. Als Einzige gab ich ihm kritische Rückmeldungen zu seinen Predigten. Lob kam auch von den Leuten, aber keiner traute sich zu sagen, wenn etwas nicht gut lief. Mir fiel schon damals auf, dass katholischen Priestern ein Korrektiv fehlt. Dankbar nahm er meine Anregungen an und verbesserte, was ich monierte.

Wenn ich in den Semesterferien nicht arbeitete, fuhren wir gemeinsam in den Urlaub - entweder an die Ostsee, zu zweit durch den wunderschönen Osten Deutschlands oder an einen nahe gelegenen See. Einmal ging es auch nach Freiburg, dann mit einer Gruppe seiner Pfarrei nach Rom und einige Zeit später zu einer Primiz nach Passau. Es war herrlich, meine Zeit mit ihm zu verbringen.

Dennoch überkam mich an Silvester oder auch sonst immer häufiger das Gefühl der Einsamkeit. Wie sollte es werden nach dem Studium? Liefe unsere Beziehung immer so weiter? Tief in mir spürte ich, dass ich auf jeden Fall später einmal eine Familie haben wollte. Mit ihm konnte ich das nicht. Das hatte er mir schon mehrfach angedeutet. Er sei zu alt für mich, wolle mir nicht im Weg stehen… - wenn er so etwas sagte, wollte ich das alles gar nicht hören.

Zeitgleich nahmen unsere intimen Begegnungen ab - ich hatte den Eindruck, dass er das lancierte. Sprach ich ihn darauf an, schob er vor, dass wir uns im Kloster nicht treffen könnten, weil wir sonst gesehen werden würden oder dass er momentan viel zu tun hätte. Und in meiner Studentenbude fühlte er sich auch nicht sicher. Ich litt darunter, weil ich ihn gern in meiner Nähe haben und eben auch spüren wollte.

Ihm schien das nichts auszumachen - hatte er doch mittlerweile viele Verehrerinnen in seiner Gemeinde. Eine achtzigjährige Frau schenkte ihm jede Woche eine große Tüte voller Obst, damit er genug Vitamine bekäme. War er bei ihr, musste er dafür ertragen, dass sie sich bei ihm auf den Schoß setzte, ihm durch's Gesicht streichelte oder ihm eindeutige Avancen machte. Darüber musste ich lachen - wusste ich doch, um wen es sich handelte.

Eifersüchtig wurde ich, wenn er von Frauen in seinem Alter erzählte, die seine Nähe - und eben auch manchmal mehr - suchten. Meist waren ihre Ehen in die Jahre gekommen und sie genossen seine zugewandte Art. In seiner Funktion als

Priester widmete er ihnen Zeit und hörte ihnen zu - so intensiv, wie ihnen wahrscheinlich ihre Ehemänner in den letzten Jahren nie zugehört hatten. Mehrfach bekam ich mit oder kitzelte aus ihm heraus, dass er einer von ihnen die Hand gehalten oder sie nach einem Beichtgespräch umarmt hatte.

Jedes Mal kochte ich innerlich vor Wut und Eifersucht - vor allem einmal, als er zu einer Verabredung mit mir viel zu spät erschien. Der Grund: Er habe mit einer dieser Frauen und ihrem Sohn eine Radtour gemacht und sei danach so verschwitzt gewesen, dass er noch bei ihr zu Hause habe duschen müssen. Bei ihr zu Hause! Meine Gedanken fuhren Achterbahn. Wahrscheinlich noch mit ihr gemeinsam! Als er mir diese Geschichte nach seiner Ankunft in meinem kleinen Studentenzimmer erzählte, hämmerte ich vor lauter Wut auf ihn ein, flippte vollkommen aus, machte ihm die bittersten Vorwürfe und heulte stundenlang. Zwar versuchte er, mich zu beruhigen - aber als ich allein war, spürte ich, wie tief ich getroffen war. Wollte er mich los werden? Oder war sein männlicher Jagdinstinkt (wieder) entbrannt? War ich ihm zu langweilig geworden? Vielleicht musste die nächste kommen? War es nicht schon immer in seinem Leben so gewesen?

Ich wusste es nicht, wollte aber mein Leben auch nicht an jemanden ketten, der mich wollte, aber nicht mit allen Konsequenzen, der mich besuchen kam, aber immer wieder von mir weg ging, der unsere wenige Zeit beschnitt, um bei einer anderen zu sein...- Nein! Ich wollte einen Mann, der treu war, der zu mir stehen konnte und mich heiratete!

So schlitterte ich 1997 in eine Dreimonats-Beziehung mit einem angehenden Juristen, dessen braune Augen es mir angetan hatten. Nach kurzer Zeit aber merkte ich, dass wir viel zu unterschiedlich fühlten und dachten und beendete die Beziehung. Auch mit ihm schlief ich nicht.

Erst wenn man jemanden verloren hat, weiß man, was man an ihm hatte - vielleicht flammte deshalb die Beziehung zu Pater Konrady erneut auf. Er fesselte mich immer noch, wenn ich ihn ansah. Seine Augen, sein wacher Verstand, sein Zuhören-Können zogen mich wieder zu ihm zurück.

- Bis ich 1999 meinen späteren Mann kennenlernte. Danach veränderte sich unsere Beziehung grundlegend.

ZWEITER TEIL: RAUSCH, ILLUSION, GEDENKEN

1

2003. Viel Zeit war seither vergangen. Wir hatten Pater Konrady auf unsere Hochzeit eingeladen - er blieb aber nur bis nach dem Kaffee. Seine Entschuldigung: Er dürfe auf dem Pfarrfest seiner Gemeinde nicht fehlen. Tat es ihm weh, mich mit einem anderen zu sehen? Wahrscheinlich.

Damals hätte er mich haben und heiraten können. Dafür hätte er aus dem Orden austreten und seinen Beruf als Priester aufgeben müssen - so wollte es die katholische Kirche. Warum hatte er das nie gemacht? Hing er so an seinem Beruf? Wenn er aber so stark daran festhielt, warum hatte er sich nie an das Zölibat gehalten? Von den drei evangelischen Räten hatte er mir früher erzählt. Ehelos war er zeit seines Lebens, nicht aber keusch, also sexuell abstinent. Oder war ich für ihn einfach nur ein Abenteuer unter vielen?

Auf unserer Hochzeit fühlte er sich unwohl, das sah ich ihm an. Wieder hatte er eine Frau in die Hände und Obhut eines anderen Mannes gegeben. Als er so früh abfuhr, war ich enttäuscht, konnte sein Verhalten jedoch nachvollziehen. Unsere Trauung hatte auch nicht er, sondern ein anderer bekannter Priester gehalten, den ich im Studium kennengelernt hatte. - Sonst wäre es auch ein sehr skurriles Szenario am Altar gewesen!

Seit ich verheiratet war, nahmen unsere Telefonate stetig ab. Er hatte mir gesagt, er wolle sich bewusst zurückziehen, meinem Mann Platz machen, nicht stören. Seit 1999 begann er, jeden Tag zu joggen - nicht mehr nur jeden zweiten, wie früher. Das klang nach Kompensation und Verarbeitungs-strategie, vielleicht aber auch nach Neuanfang und Neuorientierung.

Mein Wunsch für meine Zukunft war in Erfüllung gegangen: Ich hatte mich tatsächlich noch einmal richtig verliebt, obwohl ich früher daran nie geglaubt hatte, geheiratet und zwei wundervolle Töchter bekommen. Stolz präsentierte ich sie Pater Konrady, der jedes Mal ein wenig befremdet reagierte, wenn er eines meiner Kinder als Baby sah.

Mit der Zeit verloren wir uns aus den Augen. War es besser so? Wenn wir miteinander telefonierten, war da etwas zwischen uns. Es fühlte sich an wie eine gläserne Wand. Alles konnten wir uns nicht mehr sagen. Wir fühlten uns wie Fremde, die beide wussten, dass sie sich einmal ganz nah gewesen waren. Über unsere gemeinsame Zeit sprachen wir nie. In meiner Euphorie über Mann, Kinder, Beruf und Haus nahm ich das erst später wahr.

Als unser Haus fertig war und die Kinder aus den Windeln heraus, fand ich manchmal Zeit zum Nachdenken. Bisher hatte ich unser Zusammensein immer als meine erste Beziehung angesehen, meinem Mann auch schon ganz früh als solcher davon erzählt. Jetzt kamen erste Zweifel in mir auf. In meinem Beruf als Lehrerin sah ich mir Mädchen der achten Klassen an. Wie klein und unschuldig sie waren! Dann dachte ich an mich in der achten Klasse. Ich wusste noch genau, wie ich mich damals gefühlt hatte: jung und unerfahren. Schleichend spürte ich, dass immer mehr Wut in mir aufstieg.

Was hatte ihn damals als fünfzigjährigen Mann dazu gebracht, mich als Vierzehnjährige zu küssen und immer noch weiter zu gehen? Wie würde ich reagieren, wenn das jemand mit einer meiner Töchter machte?

Zweimal hatte ich als Vertrauenslehrerin in meiner Schule hautnah mitbekommen, dass sich ältere Männer Schülerinnen auf unangemessene Weise genähert hatten. Der eine Mann war ein Kollege gewesen, der eine sechzehnjährige Schülerin verführen wollte. Sie wandte sich an mich, weil er sie verunsichert hatte. Er hatte sie gebeten, für die Film-AG zu einem „Casting", bei dem sie in verschiedene kurze Röcke schlüpfen musste, zu ihm nach Hause zu kommen. Dabei hatte er sie gefilmt. Sie war geistes-gegenwärtig genug gewesen und hatte zu diesem Treffen ihre beste Freundin mitgenommen. Da diese als Zeugin aussagen konnte, wurde er innerhalb eines Monats mitten im Schuljahr versetzt. Seine Tochter war zwei Jahre jünger als das Mädchen, für das er sich interessierte. Ekel stieg in mir hoch. Und Wut darüber, dass er nur versetzt worden war. Peinlich schien ihm das Ganze jedenfalls nicht zu sein, denn beim nächsten Abiball saß er, als sei nichts gewesen, mit am Lehrertisch und amüsierte sich.

Der andere Mann war ein Bediensteter im Hause einer betuchten Schülerin, der sie, seitdem sie vierzehn Jahre alt war, missbraucht hatte. Sie wollte sich daraufhin mit Tabletten, die sie gesammelt hatte, umbringen. Zum Glück zog sie eine Freundin ins Vertrauen, die sich verzweifelt an mich wandte. Mit Hilfe von Psychologen des Kinderschutz-Dienstes konnte das Schlimmste verhindert werden und der Mann kam vor Gericht. Ich musste als Zeuge aussagen.

Lange habe ich keine Verbindung zwischen diesen Begebenheiten und mir selbst gezogen. Konnte es Zufall gewesen sein, dass sich die Mädchen an mich gewandt hatten? Was strahlte ich aus, dass sie sich ausgerechnet mir anvertraut hatten? Beiden hatte ich sofort geglaubt. Warum? Weil ich die Situation kannte?

Als der Missbrauchsskandal 2010 große Wellen in der katholischen Kirche schlug, regten mich diese Nachrichten auf - aber ich bezog sie nicht auf mich. In der Kirche lief eben vieles falsch. Ich hatte eine Beziehung zu einem älteren Mann gehabt. Er war Priester und Ordensmann. Und mein Lehrer, siebenunddreißig Jahre älter als ich. Es war einfach nur anders als bei anderen gewesen. Oder?

Auch mein Mann lebte einige Jahre in einem Priesterseminar, hatte sich aber nach seinem Studium entschlossen, auszutreten. Das geschah lange vor meiner Zeit und nicht wegen einer Frau. Er fühlte eine tiefe, innere Zerrissenheit. Auch er hatte Skurriles und viele Ungereimtheiten erlebt. Wir unterhielten uns oft darüber, konnten den anderen gut verstehen, weil wir in ähnlichen innerkirchlichen und familiären Strukturen aufgewachsen waren.

Dachte ich über meine Familie und mich selbst nach, gab es sehr seltsame, fast schon schicksalhaft-anmutende Verstrickungen zwischen uns und dem Kloster im Sauerland:

Meine Oma mütterlicherseits hatte öfter für die jeweiligen Gemeindepfarrer ihres Ortes und die dort aushelfenden Patres des Klosters gekocht. Sie genoss das priesterliche Lob, das ihr aus vollen Mündern entgegen schallte, wenn sie Zunge mit Salzkartoffeln, Sauerbraten mit Klößen oder Schwarzwälder Kirschtorte auf den Tisch brachte.

Meine Mutter heiratete meinen Vater und damit einen Mann, der als Junge von seiner Familie eigentlich dazu auserkoren gewesen war, Priester zu werden. Nur aus diesem Grund wurde er auf die Internatsschule des Klosters geschickt.

Ich selbst ging ebenfalls zum Kloster, wie man im Sauerland sagte. Die religiöse Ausrichtung des Gymnasiums spielte bei der Schulwahl eine nicht unbedeutende Rolle für meine Eltern. Dort hatte ich ein langjähriges Verhältnis zu einem Pater. Und dann heiratete ich noch einen Ex-Seminaristen, der auch einmal den Wunsch gehegt hatte, Priester zu werden.

Das konnten doch keine Zufälle sein! Was war bei uns schief gelaufen?

Meine Erklärung: Übertriebene religiöse Erziehung wurde pervertiert - vor allem durch mich. Mein Vater hatte erfolgreich aus dem „Berufungsvorhaben" meines Großvaters ausbrechen können. Den religiösen Drill jedoch hatte er beibehalten und an uns weitergegeben. Selbst bei unseren Kindern konnten sich meine Eltern nicht zurückhalten und erteilten Erziehungs-Ratschläge. Beispielsweise bemängelten sie, dass unsere Kinder beim Beten nicht andächtig genug seien. Darauf konnte ich -

erziehungsgeschädigt - leider nichts erwidern, kochte jedoch innerlich vor Wut und dachte: Nein, das müssen sie auch gar nicht!

Als ich unsere Kinder in einem für mich vertretbaren Alter wegen einer Beerdigung für drei Stunden allein zu Hause lassen wollte, beging ich den Fehler, im Vorfeld mit meiner Mutter darüber zu sprechen. Ihre Antwort: „Du darfst sie nicht allein lassen! Du verletzt deine Aufsichtspflicht!" Etwas Zynischeres hätte sie mir gegenüber nicht sagen können (siehe auch Mt 7,3).

Für unsere Kinder war uns, die wir durch Gehorsamserfüllung mundtot gemacht worden waren, deshalb wichtig, dass sie Mitspracherecht hatten und eigene Entscheidungen treffen durften. In die Kirche gehen mussten sie daher nicht, wenn sie nicht wollten. Ich selbst ging sowieso kaum noch, weil mich Liturgie und

Kirchenstrukturen an meine Vergangenheit erinnerten. Seit längerem spürte ich, dass ich Theologie natürlich überhaupt nicht hätte studieren dürfen. Je näher ich mich im Studium mit dem Glauben befasst hatte, desto mehr unbeantwortete Fragen taten sich auf. Auch der Kirche als Institution konnte ich nur noch wenig abgewinnen. Schuld war zum großen Teil meine streng-katholische Erziehung, die, was Kirchgang und Gebete betraf, mit Zwang und Gehorsam ausgeübt wurde, anstatt auf Freiwilligkeit zu setzen. Dass diese Enge keine Leidenschaft hervorbringen konnte, wurde mir immer klarer. Mit Drill erreichte man nichts oder aber das genaue Gegenteil.

War es mir gelungen, aus diesen Verstrickungen auszubrechen? War ich ehrlich zu mir selbst, lautete die Antwort: nur partiell. Im Grunde meines

Herzens wusste ich, dass ich mich davon nur befreien konnte, wenn ich mich von allem löste, was mir an erzwungener Religionsausübung aufoktroyiert worden war. Schwierig. Das würde mein Leben total umkrempeln. Nicht nur an dieser Stelle wartete noch eine Menge innerer Aufräumarbeit auf mich.

2

Zunächst setzte meine Aufarbeitung aber an anderer Stelle an. 2011 besuchte Pater Konrady uns in unserem neuen Haus. Mein Mann arbeitete und Pater Konrady und ich gingen mit meinen Kindern spazieren. „Wir hatten doch eine schöne Zeit zusammen", sagte er zu mir - so, als suche er meine Bestätigung. Ich fühlte mich blockiert und konnte nicht antworten.

Als er fuhr, hatte mich der Alltag wieder. Sein Satz ging mir jedoch nicht aus dem Kopf. Hatten wir eine schöne Zeit zusammen gehabt? Warum wollte er das wissen? Wollte er Absolution von mir als Erwachsene?

Mehr und mehr beschäftigte mich das, was gewesen war. Die Vergangenheit holte mich ein.

Sie ging mir nicht mehr aus dem Kopf. Wenn ich Zeit für mich hatte, stiegen die vielen Bilder vor meinem inneren Auge auf, die ich tief in mir gespeichert hatte. Ich konnte mich an alles erinnern, an genaue Daten, an alle Situationen mit ihm, an das Gesagte, seine Hände, seine Augen, meine Gefühle. Immer wieder kam alles hoch und überrollte mich in Wellen. Tagelang musste ich weinen, wie ich noch nie geweint hatte. Lautes Schluchzen schüttelte mich mehrmals heftig. Warum hatte er das mit mir gemacht? Ich spürte noch genau, wie ich mich gefühlt hatte, als er mich küsste, anfasste, immer weiter ging. Scheinbar mit meiner Erlaubnis, weil er mich vorher „gefragt" hatte. Hätte er als Erwachsener nicht wissen müssen, was er damit bei einem Kind - nichts anderes war ich damals - auslöste?

Ich dachte daran, wie ich meine Mutter nach dem Wort Vergewaltigung gefragt hatte. Hatte ich das auch erfahren? Er hatte mich zwar nie penetriert. Aber so manches, was geschehen war, passierte, weil ich als Vierzehnjährige unerfahren war, ungenügend aufgeklärt wurde, mich nicht traute, nein zu sagen, die Folgen meines Handelns nicht abschätzen konnte. Zudem war ich so erzogen worden, dass Erwachsene (und noch dazu Priester) eine absolute Autorität für mich darstellten. Verfluchter Gehorsam!

Wenn ich mich an meine Gefühle von damals zurück erinnerte, wollte ich am Anfang einfach nur gern mit ihm reden und vielleicht noch von ihm im Arm gehalten werden. Alles, was er danach mit mir gemacht hatte, hatte ich innerlich zunächst abgelehnt. Verpackt hatte er seine Wünsche immer in ein liebevoll anmutendes Mäntelchen, so dass ich das Gefühl hatte, nicht nein sagen zu können. Als Schülerin war ich seine Schutzbefohlene - und mit vierzehn Jahren noch minderjährig! Warum hatte er das alles trotzdem mit mir gemacht?

Ich begann, mich über Missbrauch zu informieren. Statistisch ist es erwiesen, dass Missbrauch in den meisten Fällen in der Familie bzw. im familiärem Umfeld geschieht. Bei mir traf das zu. Dabei geht der Missbrauchende recht geschickt vor. Zunächst versucht er, das Kind an sich zu binden. Das erreicht er durch die Schaffung von Nähe und Vertrautheit oder aber durch Belohnungen und Geschenke. Wir unterhielten uns oft miteinander und schrieben uns Briefe. Dadurch hatte ich das Gefühl, dass sich jemand Zeit für mich nahm und sich für mich interessierte.

Die kindliche, nicht-erotische Sehnsucht nach Trost, Geborgenheit und Nähe weiß der missbrauchende Erwachsene auszunutzen, indem er das Kind immer intensiver berührt und absolute Verschwiegenheit von ihm verlangt. Das Kind wird motiviert zu lügen bzw. zu schweigen: Ich sollte anderen nichts über uns erzählen. Auf diese Weise wird es abhängig gemacht und hat immer stärker mit Schuldgefühlen zu kämpfen. Von seiner Umwelt schottet es sich mehr und mehr ab, weil es ein großes Geheimnis bewahren muss. So war es bei mir auch: Um mit Pater Konrady zusammen sein zu können, habe ich Eltern und Freunde belogen und sie auf Distanz gehalten.

Hat der Missbrauchende den Wunsch nach Geborgenheit, Nähe und Liebe erzeugt, geht er - meist gefahrlos - immer weiter und sucht sexuellen Kontakt zum Kind. Oftmals geht das bei dem Missbrauchenden einher mit einer unterentwickelten eigenen Sexualität, die deshalb nicht mit Gleichaltrigen ausgelebt werden konnte. Auch dieser Punkt konnte zutreffen, denn wenn man schon kurz nach dem Abitur in einen Orden eingetreten war mit der Auflage, sich der Keuschheit zu verschreiben, so war gewiss ein großer Teil der eigenen sexuellen Entwicklung auf der Strecke geblieben.

Mit dem Geheimnis und mit dem verletzten Schamgefühl zu leben, bringt viele Kinder dazu, in eine andere Welt zu fliehen und ihre Gefühle tief innerlich einzuschließen oder sie abzutöten. Oft geben sie sich selbst die Schuld und denken, dass mit ihnen etwas nicht stimmt. Die Folgen sind meist gravierend und reichen von Schuldgefühlen über Aggressionen bis hin zur

Flucht in eine Sucht. War ich süchtig? Ich hatte einerseits einen ausgeprägten Hang zum Perfektionismus, andererseits - völlig gegensätzlich dazu - konnte ich Süßes ohne jegliches Maß regelrecht in mich hinein stopfen.

Als mir zum ersten Mal richtig bewusst wurde, was damals wirklich geschehen war, war ich siebenunddreißig Jahre alt - das war seltsamerweise genau die Anzahl von Jahren, die zwischen uns lag.

Ich hatte Missbrauch erfahren! Als ich das erkannte und vor mir selbst aussprach, reagierte mein Körper heftig: Drei Tage lang hatte ich keine Stimme mehr. Trotzdem ging ich pflichtbewusst zur Arbeit und unterrichtete per Folien und Tafelanschrieb. Das ging besser als erwartet. Äußerlich cool, innerlich gelähmt. Die Erkenntnis darüber, was damals geschehen war, machte mich im wahrsten Sinne des Wortes sprachlos. Es fühlte sich an, als würde mir die Luft abgeschnürt - insofern eine Parallele zu meinem Erstverständnis von Vergewaltigung.

3

Eine Sache, über die ich sehr viel nachdachte, war: Warum hatten meine Eltern nichts gemerkt? Oder: Hatten sie etwas geahnt, es aber stillschweigend zugelassen? Warum? Trotz katholischer Sozialisation war es doch schlicht und ergreifend mehr als merkwürdig, dass eine Vierzehnjährige mit einem einundfünfzigjährigen Priester ständig Bücher sortierte, unterwegs war und Silvester feierte?

Meine Eltern hatten immer viel zu tun. Aber war es so viel, dass sie nicht bemerkten, wie ihnen ihr Kind entglitt? Oder zählte auch hier nur die Präsentation nach außen - so lange da alles stimmig schien, war alles in Ordnung? Denn „funktioniert" hatte ich in Schule und Studium immer gut. Einige Freundinnen hatte ich auch, nur offiziell männliche Freunde gab es nicht. War ihnen das vielleicht sogar recht gewesen? Tief in mir fühlte ich, dass sie mir - hätte ich ihnen in der achten Klasse erzählt, was Pater Konrady mit mir machte - nicht geglaubt hätten. Ich war mir sicher, dass sie ihn in Schutz genommen und sein Verhalten aufgrund seiner Stellung verharmlost hätten. Aus Selbstschutz wäre das wahrscheinlich für sie die einzig vorstellbare Reaktion gewesen, denn mein Geständnis hätte die Basis ihrer Familienstruktur zerstört und alles infrage gestellt, was ihnen wichtig war: gesellschaftliches Ansehen als unbescholtene, gutbürgerliche Familie und ihr Glaube an Autoritäten bzw. ihre Kirchenzugehörigkeit. Außerdem wäre ein Tabuthema angesprochen worden, worüber sie nicht sprechen konnten: Sex. Als Jugendliche fühlte ich mich deshalb allein gelassen — und im

Grunde trug ich dieses Gefühl jetzt immer noch in mir.

Wenn ich sie als Erwachsene im Sauerland besuchte, vermittelten sie und der kleine Ort, in dem sie wohnten, mir immer noch dasselbe Gefühl wie damals: Enge und Beklemmung. Nach zwei Tagen reiste ich meist wieder ab und war froh, dort nicht mehr zu wohnen. Müsste ich mit ihnen über meine Vergangenheit (und ihren Anteil daran) sprechen? Ich war mir nicht sicher, ob ein Gespräch etwas bringen würde außer Vorwürfe, Schuldgefühle, ein Es-nicht-wahr-haben-Wollen oder mich vom Opfer zum Täter zu stilisieren. Ich könnte das Thema nur dann ansprechen, wenn ich sie sachlich darüber informierte und wenn für mich klar wäre, dass die Vergangenheit für mich abgeschlossen und aufgearbeitet war - egal, wie sie reagierten. Würde mir das helfen? Vielleicht in dem Sinne, dass ich endlich über mein Lebensgeheimnis offen sprechen und ehrlich sein könnte!?

Ein weiterer Vorteil der angestrebten Offenheit wäre, dass meine Familie - und auch meine Freunde, sofern ich auch mit ihnen darüber spräche - verstehen würden, warum ich sie, wenn sie mir zu nahe kamen, oft schroff zurückwies und Distanz brauchte. Dieses Verhalten hatte ich schon oft an mir beobachtet: Nähe zu anderen Menschen konnte ich nur bedingt zulassen. Lieber schottete ich mich ab und zog mich zurück. Der Grund: Ich hatte das Gefühl, dass ich einen wesentlichen Anteil meines Inneren verschweigen musste. Die Gründe dafür waren vielfältig: Scham, Wut, das Sich-Ausgeliefert-Fühlen, Nicht-Einschätzen-Können der Reaktionen anderer. Außerdem wollte ich nicht noch mehr verletzt werden. Tief im Inneren hatte ich Angst davor, wiederum Opfer zu sein. Deshalb hatte ich eine Mauer um mich herum gezogen, die nur mein Mann durchbrochen hatte, weil er mein Geheimnis kannte. Sonst niemand. Darunter litt ich, weil ich anderen gerne näher gewesen wäre.

Mein Wunsch war es, offen und unbefangen mit Menschen, denen ich mich verbunden fühlte, auch über diesen Teil meines Lebens sprechen zu können.

Warum machte ich das nicht einfach? Noch hatte ich das Gefühl, dass ich nicht so weit war. Erst musste ich für mich das Geschehene klarer bekommen, es weiter auf- und verarbeiten.

4

Was lag näher, als denjenigen mit meinen Gedanken und mit meiner Wut zu konfrontieren, der mich in diese Situation gebracht hatte? So schrieb ich ihm diesen Brief mit dem Computer. Damit konnte ich mehr Distanz ausdrücken. Wir waren wohl wieder beim Briefeschreiben angekommen - diesmal aber anders als früher. Die Zeit des Schweigens war vorbei. Jetzt wurde Klartext gesprochen.

22 Jahre danach

Brief ohne Anrede

Du hast mich letztes Jahr gefragt, ob wir nicht eine schöne Zeit miteinander gehabt hätten (wahrscheinlich, um dir im Nachhinein von mir als Erwachsene eine Absolution für das Gewesene zu holen) – hier meine Antwort:

Nein, denn es war nicht in Ordnung, was du als siebenunddreißig Jahre älterer Mann mit mir physisch und psychisch gemacht hast! Als Lehrer, Pater, Priester, Älterer und psychologisch Geschulter hättest du verzichten müssen.

Wenn ich jetzt als Erwachsene (und ich bin noch weit von deinem damaligen Alter, von einundfünfzig Jahren, entfernt) an ein vierzehnjähriges Mädchen in einer achten Klasse denke, bin ich traurig und wütend – wütend auf das, was du mir im gleichen Alter genommen hast an nicht mit Gleichaltrigen gemachten Erfahrungen, an (psychischer) Selbstständigkeit, an Abiturtreffen, zu denen ich nicht gehen kann, weil ich immer darauf angesprochen werden würde – wie naiv warst du denn zu glauben, dass das niemand sehen oder sich denken würde?

Lehrer, Mitschüler, Gemeindemitglieder, einige deiner Mitbrüder, meine Geschwister und Freunde haben sich´s gedacht, die kirchliche Sozialisation meiner Eltern hat es ihnen anscheinend verboten, sich so etwas von einem „heiligen Kirchenmann" vorzustellen – was meinst du, würde mit ihrem Kirchenbild, was mit unserem Familienidyll geschehen, wenn sie davon erführen?

Mein Kirchenbild ist davon erheblich geprägt worden; ich habe kein gutes mehr von den „Männern Gottes".

Deines ist offensichtlich unzerstörbar, da du nichts zu hinterfragen scheinst – weitermachen bis zum Umfallen, das ist die Devise – warum? Um zu sühnen?

Die Wiedergutmachung sollte nicht andere betreffen, sondern bei mir ansetzen. Als Mutter zweier Mädchen kann ich aber eine Möglichkeit schon ausschließen: Babysitten.

Vielleicht würde es dir selber darüber hinaus auch einmal sehr gut tun, dich mit deiner Vita richtig auseinanderzusetzen – ohne allem gleich wieder - Honig saugend - ein schönes, buntes Mäntelchen umzuhängen.

Stefanie

Seine Antwort kam - zügig und handgeschrieben:

Stefanie,

dein Schreiben habe ich mit Betroffenheit, Beschämung und Reue gelesen. Deinen Ausführungen, vor allem deinem Empfinden und Erleiden, kann ich nichts Entschuldigendes entgegenhalten.

Ich kann dich nur zutiefst um Vergebung bitten.

Der Wiedergutmachung dir gegenüber will ich mich stellen. Lass mich wissen, wie!

Mit der nochmaligen herzlichen Bitte um Verzeihung,
K.

Viele Fragen gingen mir im Kopf herum. War das ernst gemeint? Oder dachte er, er müsse sich entschuldigen, nach dem, was ich ihm vorgeworfen hatte?

Ich kannte ihn und seine Denkweise. Er dachte bestimmt: Die Fakten geben ihr recht. Aber - war es wirklich so gewesen? Zählte nicht auch die Begeisterung für- und die Freude aneinander? Wir hatten - seiner Ansicht nach - doch eine schöne Zeit und viel Spaß zusammen gehabt. Spielten dabei Alter oder Status eine Rolle?

Schnell war mir klar, dass ich seine Mimik und Gestik sehen musste. In seinem Brief blieb beides für mich unklar. Ich wollte eine persönliche

Aussprache. Dafür schlug ich ihm ein Treffen in Alzey vor. Mitte Dezember 2011 trafen wir uns dort. Es war eiskalt. Ich war nervös, hatte mir Fragen auf einem Zettel notiert, die ich ihm unbedingt stellen wollte. Treffpunkt war der Bahnhof, ein trostloser Ort. Ich war zuerst dort und sah ihn anfahren. Distanziert und gestelzt begrüßten wir uns. Gerne wäre ich mit ihm einfach nur gelaufen und hätte mich dabei mit ihm unterhalten. Aber angesichts der Kälte mussten wir einen wärmeren Ort finden. Alzey hatte nachmittags nicht viel zu bieten. Schließlich kehrten wir in eine Eisdiele ein - wiederum ein Ort, der im Sommer sicherlich schön gewesen wäre, aber im Winter doch eher suboptimale Bedingungen bot. Drinnen war es voll und deshalb unmöglich, die Geschehnisse, über die ich sprechen wollte, direkt beim Namen zu nennen. So kamen wir - leider! - wieder in das alte Fahrwasser von früher: Möglichst unauffällig und von andern Menschen unbemerkt Gefühle und Ereignisse zu verklausulieren, damit niemand etwas davon mitbekam. Das war furchtbar und störte mich sehr. Eine Aussprache hatte ich mir anders vorgestellt!

Auf meine Frage, warum er das alles mit mir als junges Mädchen getan habe, sagte er: „Es war der Zauber." Außerdem wollte ich wissen, ob er damals versetzt worden sei, weil jemand aus der Schule oder seitens seiner Mitbrüder unsere Beziehung beargwöhnt habe. Nein, das sei nicht der Fall gewesen, gab er mir zur Antwort.

Ich weiß nicht mehr, welche weiteren Fragen ich mir notiert hatte, sondern nur noch, dass er versuchte, sie mir alle zu beantworten. Das zumindest war positiv. Unser Gespräch hingegen empfand ich überhaupt nicht als offen, was vor allem an dieser schrecklich überfüllten Eisdiele lag. Ich bedauerte, dass wir keinen anderen Ort gefunden hatten.

Als wir wieder zum Bahnhof zurück gingen, schien er froh zu sein und begleitete mich noch zu meinem Wagen. Dort machte ich ihm einen Vorschlag, der mir spontan durch den Kopf ging: „Wir könnten doch zusammen ein reales Patenkind in der Dritten Welt finanziell unterstützen!" Ich fand die Idee toll, doch er blockte gleich ab, indem er sagte: „Ich habe schon eins, das ich unterstütze." Schade. Das wäre eine originelle, aber vor allem eine gute Sache gewesen.

Abschließend bat ich ihn noch darum, die vielen Briefe, die er im Laufe der Jahre von mir bekommen hatte, zu verbrennen. Als Zeichen für das Einhalten dieses Versprechens sollte er mir Briefreste und Brief-Asche schicken. Ja, das wolle er gerne machen, sicherte er mir zu. Es dauerte einige Zeit, aber die versprochenen Briefreste kamen samt Asche per Post.

5

Über das Gespräch dachte ich viel und lange nach - es hatte mich nicht zufrieden gestellt. Die Situation war denkbar ungünstig gewesen und ich hatte den Eindruck, dass ich immer noch nicht alles los geworden war, was ich ihm sagen wollte. Zudem wurde mir erst im Nachhinein bewusst, dass bei unserem Treffen die alten Mechanismen, die früher so gut funktioniert hatten, wieder gegriffen hatten: Wir waren, vielleicht ohne es zu bemerken, wieder in unsere alten Rollen gefallen: ich, die „Kleine", die Gewissheit wollte, er, der „Wissende", der die Antworten kannte. Das war es, was mich störte: Im Grunde war es wie damals im Wald - nur ohne körperliche Annäherung! Wie bescheuert!

Ein halbes Jahr später, kurz nach meinem Geburtstag, berichtete mir meine Mutter, dass

Pater Konrady bei ihnen angerufen hatte. Mir blieb die Luft weg - wie jedes Mal, wenn sie von ihm erzählte. Mit meinen Eltern wollte ich nicht über ihn sprechen. Ich hatte ihnen gesagt, dass wir keinen Kontakt mehr hätten. Gründe dafür hatte ich ihnen nicht genannt und jegliche Nachfrage schroff abgeblockt. Sie wussten, dass ich keine Informationen über ihn haben wollte, berichteten mir aber über jedes Telefonat mit ihm so, als würden sie den Kontaktabbruch völlig ignorieren. Das ärgerte mich maßlos. Wieder schien es darum zu gehen, dass ich so sein sollte, wie sie mich haben wollten. Alles sollte harmonisch sein, Streit gab es nicht - zur Not kehrte man Unpassendes eben kurzerhand unter den Teppich! Was bei uns dort schon alles darunter lag - man müsste stolpern, würde man tatsächlich darüber gehen wollen!

Das, was mich jedoch noch mehr in Rage versetzte, war sein Anruf hinter meinem Rücken bei meinen Eltern an meinem Geburtstag. Was sollte das? Wollte er zeigen, dass er an mich gedacht hatte? Warum rief er dann nicht direkt bei mir an oder schickte mir eine Mail? Oder wollte er von meinen Eltern Informationen über mich einholen? Wütend schrieb ich ihm:

im Mai 2012

Gewissensbisse

mein Geburtstag – und du rufst meine Eltern an? Warum? Geht es um ein reines Gewissen, im Sinne von: „Sie sprechen noch mit mir – o.k., dann hat sie ihnen noch nichts gesagt. Zudem kann ich mich ja nebenbei mal nach ihr erkundigen – so muss ich sie nicht selbst anrufen."?

Warum machst du das – ohne zu fragen, ob mir das recht ist? Wenn du Informationen über mich haben willst, dann frag´ mich selber. Das Telefonieren mit meinen Eltern möchte ich nicht; ich halte das für feige und unlauter. Zudem sollte es jetzt mal so langsam um mein Wohl gehen, nicht um deines.

Seit unserem letzten Gespräch (Dezember 2011) ist eine lange Zeit vergangen – ohne dass du je nach mir gefragt hast. Warum nicht? Bitte nicht falsche Rücksichtnahme vorschieben – wenn du Rücksicht genommen hättest, hättest du auch erst fragen müssen, ob mir dein Gespräch mit meinen Eltern recht ist. Meine Antwort noch einmal: Nein, ist es nicht!

Per Mail hättest du seitdem anfragen können, was ich mir wünsche und wie ich mir weiteren Kontakt vorstelle. Einfach nichts zu tun – nur die geforderten Briefreste herzuschicken – das erscheint mir verdammt einfach.

In meinem letzten Brief hatte ich von „Wiedergutmachung" gesprochen – nichts ist seither passiert. Lernt man so den Umgang mit Geschädigten in Supervisionen bzw. in der psychologischen Beratungsausbildung?
Stimmt, du hast ja immer so viel zu tun – keine Zeit, an mich zu denken. Die „Aussprache" in Alzey im Eissalon – offene Worte waren da nicht möglich.

Ich bin damit nicht zufrieden. Ich habe an vielem zu knapsen; für dich war´s ein traumhafter „Zauber" (Zitat), der jetzt vorbei und verflogen ist. Aber die „schwankenden Gestalten" (Goethe) nahen sich wieder, denn dein Zauber ist meine Fessel: Das

Thema ist für mich leider nicht erledigt, geschweige denn aufgearbeitet. Zu vieles ist ungeklärt, beschäftigt mich und überschattet mein Leben. Was ich konkret möchte, ist ein nochmaliges, offenes Gespräch und eine Wiedergutmachung.

S.

Diesmal kam nur eine knappe Reaktion per Mail zurück. Wenn ich seine Gespräche mit meinen Eltern nicht wolle, würde er sie unterlassen.

6

Abermals verging viel Zeit, genauer: Zweieinhalb Jahre zogen ins Land. Mittlerweile hatte ich das Fitnessstudio für mich entdeckt. Hier konnte ich mich auspowern, meine Wut und die überschüssige Energie los werden. Hier kam ich aber auch zum Nachdenken. Ich wollte eine Wiedergutmachung. Das hatte ich ihm geschrieben. Da er von sich aus nichts unternahm, musste ich ihm wohl etwas Konkretes vorschlagen. Aber: Was genau wollte ich denn? Ich wusste es selbst nicht. Ungeschehen machen konnte er sein Verhalten und Handeln nicht. Eigentlich war es das, wonach mein Herz sich sehnte. Ich wollte normal sein, wollte zu Klassentreffen gehen können, wollte auf eine Jugend blicken, die aus lustigen Aktivitäten mit meinen Schulkameraden bestand...- indem ich das dachte, wusste ich, dass er mir das nicht würde geben können.

Also musste mir etwas anderes einfallen. Aber was? Ich durchforstete das Internet und stieß immer wieder auf Entschädigungen in finanzieller Form. Seltsam, wenn ich überlegte, wie viel mir meine Jugend wert sein könnte. Auf dem Laufband im Studio kam mir dann eine Idee, die ich ihm vorschlug:

3.10.2014

Hallo,

vorgestern habe ich eine Talkshow gesehen, in der es um Odenwaldschule und Kirche ging; - „Anne Will", vielleicht hast du sie auch gesehen.

Auch ich fühle mich als Opfer, dem zwar im physischen Sinn keine Gewalt angetan, aber von dem im Alter von vierzehn Jahren Dinge verlangt wurden, die ich nicht bereit war zu geben - ich denke, dass du weißt, wovon ich spreche.

Unser Gespräch in Alzey ist nahezu zwei Jahre her und mein darauf folgender Brief auch. Seitdem warte ich auf eine Wiedergutmachung resp. Entschädigung und bin enttäuscht, dass deinerseits nichts kommt (und auch keine Nachfrage nach meinem Befinden, nur über meine Eltern). Immer noch nage ich an vielem, so dass das Thema für mich nicht erledigt ist.

Was ich konkret möchte, sind zwei Dinge: Zum einen würde ich mir wirklich wünschen, dass du einen Perspektiv-Wechsel vollziehen kannst und zu der Einsicht gelangtest, dass du als siebenunddreißig Jahre älterer (Ordens-)Mann und damaliger Lehrer etwas Gravierendes falsch gemacht hast, das Auswirkungen auf mein jetziges Leben und mir weh getan hat.

Zum anderen steht noch eine Wiedergutmachung aus, die ich in einem Brief vor zwei Jahren bewusst offen gelassen habe, um dir die Gelegenheit zu geben, darüber nachzudenken oder das nochmalige Gespräch mit mir zu suchen. Da ich aber annehme, dass deinerseits nichts dergleichen mehr kommt, mache ich nun selbst einen Vorschlag.

Wie könnte eine Entschädigung aussehen? Es müsste etwas sein, das mir Freude bereitet, mir das Leben erleichtert und dich etwas kosten würde.

Momentan helfen würde mir z.B. ein neues, praktisches Auto; Kosten: 25.000 - 30.000 €. Daran könnte ich zehn Jahre Freude haben und die Kinder zu ihren verschiedenen Aktivitäten fahren - so wie du zehn Jahre Freude an dem „Zauber" (Zitat) mit mir als Kind bzw. Heranwachsender hattest.

Auch die Kirche zahlt Entschädigungen. Auf o.g. Weise bekäme ich eine aus erster Hand.

Mein Anliegen ist lediglich ein - für mich vorstellbarer - Vorschlag. Ohne diesen (und meinen Brief) ginge ansonsten das Leben so weiter, wie es jetzt ist - bis zum Tod eines von uns - ohne irgendeine Art der Wiedergutmachung; das befürchte ich.

Denk´ darüber nach.
Stefanie

PS: Solltest du meine Kontoverbindung benötigen - hier ist sie: IBAN… BIC…

Eine Woche später schrieb er mir zurück:

10.10.2014

Liebe Stefanie!

Danke für dein Schreiben. Ich habe schon lange darauf gewartet. Leider habe ich den Brief erst heute

Nachmittag in die Hände bekommen, da ich unterwegs war.

Mein bisheriges Schweigen rührt von der Abmachung her, die in Alzey - von dir so gestellt - getroffen wurde: dass du keine Verbindung mehr wünschst und dass ggf. ein Kontakt von dir ausgeht. Daran habe ich mich gehalten.

Was durch mich geschehen ist, bedauere ich von Herzen und bitte dich nochmals - besonders für die Spätfolgen - um Verzeihung.

Deinen Vorschlag akzeptiere ich voll, zumal wenn durch dein Vorhaben dir einiges an Linderung zukommen würde.

Statte das Paket so aus, dass es dir wirklich für lange Zeit Freude bereitet. Lasse mich den Aufwand wissen, den ich dir dann endgültig erstatte. Eine erste Tranche veranlasse ich in den nächsten Tagen.

Dir und deiner Familie alles Gute!
K.

Das Wort „endgültig" fiel mir ins Auge. Er wollte sich nicht ständig mit neuen Forderungen meinerseits konfrontiert sehen. Verständlich. Aber auch schlau. Sein wacher Verstand funktionierte noch gut!

Drei Tage später schickte ich ihm folgende Zeilen:

14.10.2014

Hallo,

danke, dass du auf meinen Vorschlag eingehst; das bedeutet mir sehr viel (und das meine ich nicht im pekuniären Sinn). Für mich ist das - wie du auch schreibst und woran dir verständlicherweise gelegen ist - ein Abschluss und eine Entlastung. Vielleicht ist es das ja auch für dich!?

Geschrieben habe ich meine Vorstellungen ja schon - dabei möchte ich bleiben; das soll das „Paket" sein.

Ich freue mich!
Stefanie

Wenn er etwas zusagte, hielt er sich auch daran. Ich wusste, dass ich mich insofern auf ihn verlassen konnte - so gut kannte ich ihn. Deshalb machte ich Nägel mit Köpfen und bestellte Mitte

Oktober das Auto im Autohaus. Ende Oktober kam die erste Tranche: 10.000 €. Ich saß vor dem PC und zitterte. Nicht wegen der Summe, sondern weil es für mich ein großes Zeichen des Eingeständnisses war! Mir war etwas passiert, was nicht hätte sein dürfen. Dadurch, dass er sich nicht nur entschuldigte, sondern wirklich Taten folgen ließ, gestand er sein falsches Handeln ein. Das tat mir gut! Ich war innerlich in heller Aufregung.

Bis Mitte Dezember tat sich dann jedoch nichts mehr. Das Auto sollte im März ausgeliefert werden. Ich wurde nervös, auch wenn ich seine Zusage hatte, sogar schriftlich. Hatte er vielleicht kein Geld mehr? War es schwierig, es zu besorgen? Bestimmt. Vorsichtig erinnerte ich ihn daran, dass das Auto bald geliefert werden würde.

Seine Mail-Antwort:

2.12.2014

Liebe Stefanie,

deinen Brief habe ich nach meiner Rückkunft am Sonntag vorgefunden.
Ich bedanke mich dafür.

Was ich zugesagt habe, das löse ich ein. Es ist in Arbeit. Allerdings braucht die Realisierung ihre Zeit. Den vorgegebenen Zeitrahmen werde ich - so hoffe ich - einhalten können.

Gib mir zur Sicherheit nochmals deine Bankverbindung.

Dir und den Deinen eine gute Zeit,
K.

In zwei weiteren Tranchen kamen tatsächlich noch einmal insgesamt 10.000 €, so dass ich lediglich noch 6.500 € aufwänden musste, um das bestellte Auto zu bezahlen. Da er - wie erwähnt - kein Verhältnis zum Geld hatte, wusste er wahrscheinlich nicht, wie teuer heutzutage Autos waren. Dass ich noch drauflegen musste, war mir egal - was zählte, war, dass er gehandelt hatte. So schrieb ich ihm:

23.01.2015

Hallo,

vielen Dank für die Entschädigung. Für mich bedeutet sie Anerkennung von Schuld. Das tut mir gut.

Als Friedenszeichen möchte ich dir die Hand reichen - falls du daran interessiert bist.

Wenn du Kontakt zu mir haben möchtest, können wir uns gern treffen.
Solltest du keinen Kontakt wollen, habe ich dafür Verständnis.

Viele Grüße,
Stefanie

Am gleichen Tag kam seine Mail postwendend:

Liebe Stefanie,
danke für deine Information.

Eingeständnis von Schuld sieht bei mir anders aus.
Dies habe ich schon vor dir ausgesprochen.

Da du Wiedergutmachung - zumindest zeichenhaft -
gewünscht hast, habe ich dem zu entsprechen
versucht.

Ich freue mich sehr, wenn bei dir nun Frieden
einkehren kann. Wenn du darauf einen Handschlag
vorschlägst, bin ich damit einverstanden.

Allerdings werde ich bis Ende Februar zeitlich dazu
nicht in der Lage sein.

Dir und deinen Lieben eine gute Zeit!

Mit frohem Gruß,
K.

Die Anstrengung, um das Geld zu beschaffen, schien hoch gewesen zu sein. Er klang verschnupft und distanzierte sich klar von mir und meinem Vokabular. Auf einen Handschlag bzw. eine Versöhnung schien er keinen Wert zu legen, wenn er mich zeitlich so weit weg schob. Vielleicht mochte er es auch nicht, dass ich nochmals Vorgaben machte. So las ich sein Schreiben. Das wollte ich akzeptieren. Also beschloss ich, ihn in Ruhe zu lassen.

7

Wiederum vergingen zwei Jahre ohne Kontakt. Am Namenstag meines Vaters rief er - trotz meines ausdrücklichen Wunsches, dies zu unterlassen - erneut bei meinen Eltern an. Sein Anliegen: Da er im Sauerland eingeladen sei, wolle er sich bei meinen Eltern für eine Nacht einquartieren. Als mich meine Mutter darüber unterrichtete, hatte sie ihm bereits zugesagt. Ich konnte es kaum glauben! Was sollte das? Warum übergingen mich alle? Hatte er ernsthaft vor, in dem Zimmer zu übernachten, in dem ich sonst schlief? In dem Zimmer, in dem wir früher eine Woche gemeinsam übernachtet hatten, als meine Eltern im Urlaub waren? Was dachte er sich dabei? Ich fühlte mich vor den Kopf gestoßen. So schrieb ich ihm per Mail:

19.03.2017

Hallo,

ich habe von meinen Eltern erfahren, dass du sie besuchen und dort übernachten willst. Ich habe dafür kein Verständnis.

Beides möchte ich definitiv nicht und bitte dich eindringlich, das zu stornieren - ohne mich dabei bei meinen Eltern ins Spiel zu bringen.

Stefanie

Seine Mail-Antwort:

20.03.2017

ok!

Das war´s. Nichts weiter. Seinen geplanten Aufenthalt bei meinen Eltern hat er abgesagt. Gewundert haben sie sich nicht - wie früher.

8

Was mir blieb, waren Fragen. Warum schwieg ich immer noch? War das, was er mir gezahlt hatte, eine Art Schweigegeld? Darüber gab es keine Vereinbarung. Für mich war es eine Entschädigung für die Vergangenheit und für das, was er mir angetan hatte. „Erstattung" stand auf dem Kontoauszug bei jeder Tranche.

Sollte ich also weiter schweigen? Nein, das wollte ich nicht. Ich wollte aufräumen, um meine inneren Bilder ablegen können. Sie sollten einen würdigen Platz im Regal meines Lebens bekommen, an dem sie ruhen durften, bis ich Muße dazu hatte, sie allein oder mit jemandem zu betrachten. Deshalb schrieb ich auf, was ich innerlich sah. Denn zwangsläufig musste ich mit diesen Bildern leben (lernen), da sie meine Jugend und meine sexuelle Initiation beinhalteten.

Was war das Ergebnis dieses langen Prozesses meiner inneren Auseinandersetzung mit meiner Vergangenheit?

Das Schreiben hatte mir sehr gut getan. Es hatte mir geholfen. Es hatte mein Herz wieder geöffnet, geweitet. Ich konnte gelassener sein und denken: Die Zeit, die ich geschildert hatte, war meine Jugend. Ich wünschte, sie wäre anders verlaufen. Ich wusste aber, dass ich die Zeit nicht zurückholen konnte. Lernen musste ich, sie so stehen lassen zu können. Das ging jetzt, nach dem Aufschreiben, besser als vorher.

9

Sommer 2017. Worüber ich jetzt noch nachdenken musste, war: Warum war ich immer noch nicht an dem Punkt angekommen, dass ich die Vergangenheit ruhen lassen konnte? In mir fühlte ich, dass irgendetwas mich noch immer umtrieb. Was war es?

Um das herauszufinden, las ich seine Briefe, die er mir über die vielen Jahre geschrieben hatte. Das war zunächst ein schwieriges Unterfangen, denn ich bewahrte sie in einer grünen Metallkassette im Keller auf, von der ich keinen Schlüssel mehr besaß. Pater Konrady hatte sie mir früher zu diesem Zweck geschenkt. Das war nun wirklich skurril: Selbst ich kam nicht mehr an meine eigenen Briefe heran! Als ich beim Schlüsseldienst nachfragte, schüttelte dieser nur den Kopf: Nein, solche Kassetten würden sie nicht öffnen. Selbst der im Internet angepriesene Trick mit der Büroklammer funktionierte nicht. Meine Vergangenheit war auch in diesem Bereich sehr sorgsam verschlossen worden!

Schlussendlich wusste mein Mann Rat und bohrte die Kassette mit einer Schlagbohrmaschine auf. Dabei brachen mehrere Bohraufsätze ab. Nach einer Stunde war sie endlich offen.

Als ich sie öffnete, sah ich Massen von Briefen, die feinsäuberlich mit Haargummis der 1990er Jahre zusammengebunden waren. Wir hatten uns wirklich fast täglich geschrieben. Je mehr Briefe ich las, desto öfter ertappte ich mich bei der Frage, was mich an diesem Mann früher so fasziniert hatte.

Seine Briefe waren sehr formalistisch abgefasst. Sie enthielten seine Tagesstruktur und sein

Arbeitspensum, ließen jedoch keine Rückschlüsse auf seine Gefühle mir gegenüber zu. Wahrscheinlich hatte er sie absichtlich so wasserdicht formuliert, damit man ihm nichts nachweisen konnte, sollte ein Brief versehentlich in die falschen Hände geraten. Oder hatte er nie solche intensiven Gefühle für mich empfunden wie ich für ihn?

Mit jedem Brief, den ich nun las, geschah etwas heilsam Reinigendes: Ich fing an, die Bilder der Vierzehnjährigen, die ständig vor meinem inneren Auge auftauchten, zu ersetzen durch die Bilder der über Vierzigjährigen, die ich nun war.

Als Erwachsene war ich in der Lage, einen anderen Blickwinkel einzunehmen als den der vierzehnjährigen Stefanie. Nun wechselte meine Perspektive zu der einer Außenstehenden und war nicht mehr länger die einer Beteiligten. Das

Überschreiben meiner gespeicherten inneren Bilder war für meinen Gesundungsprozess enorm wichtig.

Mir wurde klar, was mich dazu gebracht hatte, über zehn Jahre lang bei ihm zu bleiben und an ihm zu hängen: In meiner jugendlichen Verblendung hatte ich diesen Umstand als Liebe bezeichnet, doch in der Psychologie gab es dafür einen Namen: Trauma-Bonding oder auch eine Variante des Stockholm-Syndroms. In einer hierarchisch unausgewogenen Beziehung wie der unsrigen hatte ich als Jugendliche keine kritische Distanz zu ihm aufbauen können. Ich sympathisierte mit ihm, identifizierte mich über große Phasen sogar mit ihm. Kritisierte ihn jemand, versuchte ich, ihn zu schützen und zu verteidigen. Das führte bei mir zu einer völlig verzerrten Sichtweise.

In der Zeit danach war für mich das einmal Ritualisierte zu einer solchen Normalität geworden, dass ich diese nicht mehr in Frage stellte. Diese komplette Wahrnehmungsverzerrung trübte mein Urteilsvermögen jahrelang. Erst mit Anfang zwanzig begann ich zu spüren, dass es daneben noch etwas Anderes geben musste.

Seit 2011 hatte ich durch Ernährungsumstellung und Bewegung über 15 kg abgenommen. Das war mein angefressener Schutzwall, die äußerliche Mauer, die ich um mich herum errichtet hatte. Auf meine äußerliche Veränderung konnte nun meine innere Erneuerung folgen. Doch: Wie sollte diese aussehen?

Es musste mir gelingen, einen positiven Abschluss mit meiner Vergangenheit zu finden. Vieles hatte ich schon erreicht: Ich hatte aktiv das Gespräch gesucht, hatte Briefreste, eine Entschuldigung und eine Entschädigung bekommen. All´ das war weit mehr, als die meisten Missbrauchten jemals von denen, die sie geschädigt hatten, erhielten. Darauf war ich stolz. Das hatte ich schon geschafft! Jetzt musste es darum gehen, verzeihen zu können. Nicht ihm, sondern mir selbst! Denn: Ich war nicht schuld daran, dass mir das passiert war! Wahrscheinlich war die mangelnde Erkenntnis dessen der Grund, der meine innere Unruhe bewirkt hatte. Als mir das klar wurde, gelang es mir, endlich mich selbst als Erwachsene ins Zentrum meines Lebens zu rücken.

Das hieß nicht, dass ich sein Verhalten oder die Taten verdrängt oder aus meinem Gedächtnis gestrichen habe. Im Gegenteil: Um inneren Frieden zu erlangen, habe ich mich bewusst von dem Groll auf Pater Konrady befreit. Der Zorn gegen ihn bestimmte mein Leben jetzt nicht mehr!

Was zählte, war einzig meine innere Haltung ihm gegenüber. Nach viel Zeit des Nachdenkens erlaubte es diese veränderte Haltung mir, ein Leben ohne Wut auf ihn und das Erlebte zu führen.

Endlich konnte ich - wie Herr Egge in Brechts Parabel ´Maßnahmen gegen die Gewalt`- „NEIN! STOP!" sagen. Denn: Mein Körper gehört mir und niemand darf darüber verfügen!

Ich bin frei - und weder Pater- noch Patenkind!

Blume des Jahres 2017:
die Mohnblume -

reizvolle Kombination von Kraft und Zartheit,

Überlebenskünstler: Setzt ihr die Landwirtschaft
zu sehr zu, weicht sie aus.

Begegnet Mohn im Traum, fordert dies den
Träumenden auf, bearbeitete Erfahrungen in das
Gedenk-Regal zu stellen.

Das schafft Platz für neue Erlebnisse.

Herstellung und Verlag:
BoD - Books on Demand, Norderstedt
ISBN 978-3-7460-6748-3